且讀

……

16

汪曾祺

文学精读

方星霞 编

浙江人民出版社

汪曾祺

目录

前　言......001

受　戒......002
天鹅之死......027
晚饭花......037
鉴赏家......044
职　业......055
故里三陈......063
八月骄阳......079
瑞云——聊斋新义......092
蛐蛐——聊斋新义......103
戴车匠......113

自报家门……122
多年父子成兄弟……138
西南联大中文系……145
跑警报……153
泡茶馆……164
五　味……176
吃食和文学……183
国子监……194
人间草木……206
“揉面”——谈语言…… 214

前　言

一九九五年五月，汪曾祺编的《文学精读·沈从文》由香港三联书店出版（该书已在“且读”书系第一辑出版）。选集辑录了他的老师沈从文的四篇小说：《边城》《牛》《丈夫》和《贵生》。这一年，汪曾祺已是七十五岁老人了。两年后，他也随着老师告别人间。时间一晃，二十多年过去了，今年三联书店将出版《文学精读·汪曾祺》，我很乐意接受这项编选工作。

编完后，为了写《前言》，特意找来《文学精读·沈从文》，看看汪老怎么写前言。展读之下，百感交集。当年汪老写该卷《前言》的时候，可曾想过多年后他自己的作品也被编入同一套丛书呢？由他来选沈从文的小说再合适不过，他对老师的人生经历、文学观念了如指掌，对老师的情谊亦溢于言表。作为晚辈的我，从未亲炙过汪老的教诲，只能望尘莫及。汪曾祺是我硕士阶段的研究对象，专著也在两年前出版了。但是，我又何曾认识、理解汪老呢？我与他素未谋面，他去世之际我还是名中学生。然而，我又何曾不认识他呢？难道小说、文章里的他就不是他吗？在此，我愿意老老实实跟大家讲讲我所知道的点点滴滴。

在研究文学史的人眼里，汪曾祺是“中国现代文学的短篇小说大师”，是“新时期笔记体小说先锋”，是“京派抒情散文的后继者”。在我眼里，最传神则是“中国式的抒情的人道主义者”这一夫子自道。

汪老出生在江苏高邮，一个历史悠久、文化气息浓郁的古城。说得活泼生动一点，就是盛产双黄鸭蛋，离六朝烟水笼罩的南京不远的那个小县城。高邮是个水乡，除了京杭大运河的润泽外，还有富饶的高邮湖，水产丰富。二十世纪三四十年代的高邮，尚未开发，民风淳朴，汪曾祺就是在这样的环境下成长的。汪家在当地颇有名气，久享素封，不愁吃穿。祖父汪嘉勋是清朝末科拔贡，后来在镇上开了两家药店：“万全堂”和“保全堂”。父亲汪菊生多才多艺，爱好音乐、书画、印章、养花、养蟋蟀，还做各种手艺，爱运动。最重要的是，他是一个爱孩子的父亲。汪曾祺身上的艺术气质，大概是受到父亲的濡染。汪曾祺虽然在新式学堂上学，但古典诗文功底深厚，除了祖父的教导，父亲还聘请乡里名师传授《史记》、桐城派古文及书法。汪氏童年生活的面貌在这本集子里的《自报家门》《多年父子成兄弟》两篇文章中均有交代。

一九三九年，也就是抗日战争全面爆发后的第三年，汪曾祺考上西南联合大学中文系，受教于朱自清、闻一多、沈从文、卞之琳、陈梦家等著名学者。就在沈从文的小说创作课堂上，汪曾祺展开其文学创作的道路，而早期多篇小说都是在没有图书馆自修室的条件下“泡茶馆”写就的。关于汪老这段时期的经历，本书特意选了三篇散文，好让大家了解那段战火岁月中珍贵的片刻安宁。

汪曾祺其后的写作生涯也并不平坦，从时间上看，断断续续可概括为“四十年代”“六十年代”“新时期”（八九十年代）三个阶段，其中有两段长达十多年的创作空白期。从地域上看，汪老一生住过高邮、昆明、北京、张家口、上海、武汉几个地方，小说取材最多的当属高邮、昆明及北京。除了写自己的小说和散文，汪曾祺在“文化大革命”期间还参与创作了若干部脍炙人口的京剧“样板戏”，如《沙家浜》《杜鹃山》等。

每种选集都有宗旨，本书也不例外。本编主要辑录汪曾祺“新时期”前期，亦即八十年代的著作。因为汪氏此前的作品不多，常运用现代派创作技巧，主题不易掌握；此后的作品偏向书写人性之丑陋，主人公命运悲惨。本编的宗旨，就是展现作家作为“中国式的抒情的人道主义者”的一面，也就是他八十年代反复强调“小说要有益于世道人心”的真谛。他说：“我想给读者一点心灵上的滋润。杜甫有两句形容春雨的诗：‘随风潜入夜，润物细无声。’我希望我的小说能产生这样的作用。”现代人生活节奏急促，我们的心太久没有停下来好好欣赏这个世界了。汪曾祺领着我们一路走来，发现生活之美。这里有高邮淳朴的民风，有小和尚明海和村姑小英子两小无猜的爱情，有果贩叶三与画家季匋民之间深厚的友谊，有戴车匠物我两忘艺术般的手艺；这里还有昆明街头调皮的卖糕点小孩，有跑警报时无畏无惧从容不迫的群众，以及用泡茶馆的办法化解无处安身之苦的联大学生。他们的生活超越了世俗的功利，升华为艺术般的存在。除了妙运减笔勾勒人物，汪老的文章也常乐于谈谈瓜果饮食，讲讲草木之情，聊聊语言之美。

希望大家在合上这本书的时候，能从中获得“一点心灵上的滋润”，学会敞开心扉，欣赏身边的人与物。

方星霞

二〇一八年五月

小说

受　戒

【题解】

《受戒》是汪曾祺的代表作，就像《边城》之于沈从文。一九八〇年，这篇小说在《北京文学》十月号发表，随即引起广泛的讨论，深深影响新时期的小说发展。为什么呢？因为当时“文化大革命”刚刚结束，文坛盛行感伤煽情的“伤痕文学”与慷慨激昂的“反思文学”，这篇小说却着力营造一幅幅清朗的意境，诉说水乡小镇中小和尚和村姑朦朦胧胧的恋情，读之让人精神一振。

【文本】

明海出家已经四年了。

他是十三岁来的。

这个地方的地名有点怪，叫庵赵庄。赵，是因为庄上大都姓赵。

叫做庄，可是人家住得很分散，这里两三家，那里两三家。一出门，远远可以看到，走起来得走一会，因为没有大路，都是弯弯曲曲的田埂。庵，是因为有一个庵。庵叫菩提庵，可是大家叫讹了，叫成荸荠庵。连庵里的和尚也这样叫。“宝刹何处？”——“荸荠庵”。庵本来是住尼姑的。“和尚庙”“尼姑庵”嘛。可是荸荠庵住的是和尚。也许因为荸荠庵不大，大者为庙，小者为庵。

明海在家叫小明子。他是从小就确定要出家的。他的家乡不叫“出家”,叫“当和尚”。他的家乡出和尚。就像有的地方出劁猪的，有的地方出织席子的，有的地方出箍桶的，有的地方出弹棉花的，有的地方出画匠，有的地方出婊子，他的家乡出和尚。人家弟兄多，就派一个出去当和尚。当和尚也要通过关系，也有帮。这地方的和尚有的走得很远。有到杭州灵隐寺的、上海静安寺的、镇江金山寺的、扬州天宁寺的。一般的就在本县的寺庙。明海家田少，老大、老二、老三，就足够种的了。他是老四。他七岁那年，他当和尚的舅舅回家，他爹、他娘就和舅舅商议，决定叫他当和尚。他当时在旁边，觉得这实在是在情在理，没有理由反对。当和尚有很多好处。一是可以吃现成饭。哪个庙里都是管饭的。二是可以攒钱。只要学会了放瑜伽焰口，拜梁皇忏，可以按例分到辛苦钱。积攒起来，将来还俗娶亲也可以；不想还俗，买几亩田也可以。当和尚也不容易，一要面如朗月，二要声如钟磬，三要聪明记性好。他舅舅给他相了相面，叫他前走几步，后走几步，又叫他喊了一声赶牛打场的号子：“格当嘚——”，说是“明子准能当个好和尚，我包了！”要当和尚，得下点本，——念几年书。哪有不认字的和尚呢！于是明子就开蒙入学，读了《三字经》《百家姓》《四言杂字》《幼学琼林》《上论、下论》《上孟、下孟》，每天还写一张仿。村里都夸他字写得好，很黑。

舅舅按照约定的日期又回了家，带了一件他自己穿的和尚领的短衫，叫明子娘改小一点，给明子穿上。明子穿了这件和尚短衫，下身还是在家穿的紫花裤子，赤脚穿了一双新布鞋，跟他爹、他娘磕了一个头，就随舅舅走了。

他上学时起了个学名，叫明海。舅舅说，不用改了。于是“明海”就从学名变成了法名。

过了一个湖。好大一个湖！穿过一个县城。县城真热闹：官盐店，税务局，肉铺里挂着成边的猪，一个驴子在磨芝麻，满街都是小磨香油的香味，布店，卖茉莉粉、梳头油的什么斋，卖绒花的，卖丝线的，打把式卖膏药的，吹糖人的，耍蛇的，……他什么都想看看。舅舅一劲地推他：“快走！快走！”

到了一个河边，有一只船在等着他们。船上有一个五十来岁的瘦长瘦长的大伯，船头蹲着一个跟明子差不多大的女孩子，在剥一个莲蓬吃。明子和舅舅坐到舱里，船就开了。

明子听见有人跟他说话，是那个女孩子。

“是你要到荸荠庵当和尚吗？”

明子点点头。

“当和尚要烧戒疤呕！你不怕？”

明子不知道怎么回答，就含含糊糊地摇了摇头。

“你叫什么？”

“明海。”

“在家的时候？”

“叫明子。”

“明子！我叫小英子！我们是邻居。我家挨着荸荠庵。——给你！”

小英子把吃剩的半个莲蓬扔给明海，小明子就剥开莲蓬壳，一颗一颗吃起来。

大伯一桨一桨地划着，只听见船桨拨水的声音：

“哗——许！哗——许！”

…………

荸荠庵的地势很好，在一片高地上。这一带就数这片地势高，当初建庵的人很会选地方。门前是一条河。门外是一片很大的打谷场。三面都是高大的柳树。山门里是一个穿堂。迎门供着弥勒佛。不知是哪一位名士撰写了一副对联：

大肚能容容天下难容之事

开颜一笑笑世间可笑之人

弥勒佛背后，是韦驮。过穿堂，是一个不小的天井，种着两棵白果树。天井两边各有三间厢房。走过天井，便是大殿，供着三世佛。佛像连龛才四尺来高。大殿东边是方丈，西边是库房。大殿东侧，有一个小小的六角门，白门绿字，刻着一副对联：

一花一世界

三藐三菩提

进门有一个狭长的天井，几块假山石，几盆花，有三间小房。

小和尚的日子清闲得很。一早起来，开山门，扫地。庵里的地铺的都是箩底方砖，好扫得很，给弥勒佛、韦驮烧一炷香，正殿的三世佛面前也烧一炷香，磕三个头，念三声“南无阿弥陀佛”，敲三声磬。这庵里的和尚不兴做什么早课、晚课，明子这三声磬就全都代替了。然后，挑水，喂猪。然后，等当家和尚，即明子的舅舅起来，教他念经。

教念经也跟教书一样，师父面前一本经，徒弟面前一本经，师父唱一句，徒弟跟着唱一句。是唱哎。舅舅一边唱，一边还用手在桌上拍板。一板一眼，拍得很响，就跟教唱戏一样。是跟教唱戏一样，完全一样哎。连用的名词都一样。舅舅说，念经：一要板眼准，二要合工尺。说：当一个好和尚，得有条好嗓子。说：民国二十年闹大水，运河倒了堤，最后在清水潭合龙，因为大水淹死的人很多，放了一台大焰口，十三大师——十三个正座和尚，各大庙的方丈都来了，下面的和尚上百。谁当这个首座？推来推去，还是石桥——善因寺的方丈！他往上一坐，就跟地藏王菩萨一样，这就不用说了；那一声“开香赞”，围看的上千人立时鸦雀无声。说：嗓子要练，夏练三伏，冬练三九，要练丹田气！说：要吃得苦中苦，方为人上人！说：和尚里也有状元、榜眼、探花！要用心，不要贪玩！舅舅这一番大法说得明海和尚实在是五体投地，于是就一板一眼地跟着舅舅唱起来：

炉香乍爇——
炉香乍爇——
法界蒙薰——
法界蒙薰——
诸佛现金身……
诸佛现金身……
…………

等明海学完了早经，——他晚上临睡前还要学一段，叫做晚经，——荸荠庵的师父们就都陆续起床了。

这庵里人口简单，一共六个人。连明海在内，五个和尚。

有一个老和尚，六十几了，是舅舅的师叔，法名普照，但是知道的人很少，因为很少人叫他法名，都称之为“老和尚”或“老师父”，明海叫他师爷爷。这是个很枯寂的人，一天关在房里，就是那“一花一世界”里。也看不见他念佛，只是那么一声不响地坐着。他是吃斋的，过年时除外。

下面就是师兄弟三个，仁字排行：仁山、仁海、仁渡。庵里庵外，有的称他们为大师父、二师父；有的称之为山师父、海师父。只有仁渡，没有叫他“渡师父”的，因为听起来不像话，大都直呼之为仁渡。他也只配如此，因为他还年轻，才二十多岁。

仁山，即明子的舅舅，是当家的。不叫“方丈”，也不叫“住持”，却叫“当家的”,是很有道理的,因为他确确实实干的是当家的职务。他屋里摆的是一张账桌,桌子上放的是账簿和算盘。账簿共有三本。一本是经账，一本是租账，一本是债账。和尚要做法事，做法事要收钱，——要不，当和尚干什么？常做的法事是放焰口。正规的焰口是十个人。一个正座,一个敲鼓的,两边一边四个。人少了,八个，一边三个，也凑合了。荸荠庵只有四个和尚，要放整焰口就得和别的庙里合伙。这样的时候也有过。通常只是放半台焰口。一个正座，一个敲鼓，另外一边一个。一来找别的庙里合伙费事；二来这一带放得起整焰口的人家也不多。有的时候，谁家死了人，就只请两个，甚至一个和尚咕噜咕噜念一通经，敲打几声法器就算完事。很多人家的经钱不是当时就给，往往要等秋后才还。这就得记账。另外,和尚放焰口的辛苦钱不是一样的。就像唱戏一样,有份子。正座第一份。因为他要领唱，而且还要独唱。当中有一大段“叹骷髅”，别的和尚都放下法器休息，只有首座一个人有板有眼地曼声吟唱。第二份是敲鼓的。你以为这容易呀？哼，单是一开头的“发擂”，手上没功夫就敲不出迟疾顿挫！其余的，就一样了。这也得记上：某月某日、谁家焰口半台,谁正座,谁敲鼓……省得到年底结账时赌咒骂娘。……这庵里有几十亩庙产,租给人种,到时候要收租。庵里还放债。租、债一向倒很少亏欠，因为租佃借钱的人怕菩萨不高兴。这三本账就够仁山忙的了。另外香烛灯火、油盐“福食”，这也得随时记记账呀。除了账簿之外，山师父的方丈的墙上还挂着一块水牌，上漆四个红字：“勤笔免思”。

仁山所说当一个好和尚的三个条件，他自己其实一条也不具备。

他的相貌只要用两个字就说清楚了：黄，胖。声音也不像钟磬，倒像母猪。聪明么？难说，打牌老输。他在庵里从不穿袈裟，连海青直裰也免了。经常是披着件短僧衣，袒露着一个黄色的肚子。下面是光脚趿拉着一双僧鞋，——新鞋他也是趿拉着。他一天就是这样不衫不履地这里走走，那里走走，发出母猪一样的声音："哞——哞——"。

二师父仁海。他是有老婆的。他老婆每年夏秋之间来住几个月，因为庵里凉快，庵里有六个人，其中之一，就是这位和尚的家眷。仁山、仁渡叫她嫂子，明海叫她师娘。这两口子都很爱干净，整天的洗涮。傍晚的时候，坐在天井里乘凉。白天，闷在屋里不出来。

三师父是个很聪明精干的人。有时一笔账大师兄扒了半天算盘也算不清，他眼珠子转两转，早算得一清二楚。他打牌赢的时候多，二三十张牌落地，上下家手里有些什么牌，他就差不多都知道了。他打牌时，总有人爱在他后面看歪头胡。谁家约他打牌，就说"想送两个钱给你"。他不但经忏俱通（小庙的和尚能够拜忏的不多），而且身怀绝技，会"飞铙"。七月间有些地方做盂兰会，在旷地上放大焰口，几十个和尚，穿绣花袈裟，飞铙。飞铙就是把十多斤重的大铙钹飞起来。到了一定的时候，全部法器皆停，只几十副大铙紧张急促地敲起来。忽然起手，大铙向半空中飞去，一面飞，一面旋转。然后，又落下来，接住。接住不是平平常常地接住，有各种架势，"犀牛望月""苏秦背剑"……这哪是念经，这是耍杂技。也许是地藏王菩萨爱看这个，但真正因此快乐起来的是人，尤其是妇女和孩子。这是年轻漂亮的和尚出风头的机会。一场大焰口过后，也像一个好戏班子过后一样，会有一个两个大姑娘、小媳妇失踪，——跟和尚跑了。他还会放“花焰口”。有的人家，亲戚中多风流子弟，在不是很哀伤的佛事——如做冥寿时，就会提出放花焰口。所谓“花焰口”就是在正焰口之后，叫和尚唱小调，拉丝弦，吹管笛，敲鼓板，而且可以点唱。仁渡一个人可以唱一夜不重头。仁渡前几年一直在外面，近二年才常住在庵里。据说他有相好的，而且不止一个。他平常可是很规矩，看到姑娘媳妇总是老老实实的，连一句玩笑话都不说，一句小调山歌都不唱。有一回，在打谷场上乘凉的时候，一伙人把他围起来，非叫他唱两个不可。他却情不过，说：“好，唱一个。不唱家乡的。家乡的你们都熟，唱个安徽的。”

姐和小郎打大麦，
一转子讲得听不得。
听不得就听不得，
打完了大麦打小麦。

唱完了，大家还嫌不够，他就又唱了一个：

姐儿生得漂漂的，
两个奶子翘翘的。
有心上去摸一把，
心里有点跳跳的。

…………

这个庵里无所谓清规，连这两个字也没人提起。

仁山吃水烟，连出门做法事也带着他的水烟袋。

他们经常打牌。这是个打牌的好地方。把大殿上吃饭的方桌往门口一搭，斜放着，就是牌桌。桌子一放好，仁山就从他的方丈里把筹码拿出来，哗啦一声倒在桌上。斗纸牌的时候多，搓麻将的时候少。牌客除了师兄弟三人，常来的是一个收鸭毛的，一个打兔子兼偷鸡的，都是正经人。收鸭毛的担一副竹筐，串乡串镇，拉长了沙哑的声音喊叫：

“鸭毛卖钱——！”

偷鸡的有一件家什——铜蜻蜓。看准了一只老母鸡，把铜蜻蜓一丢，鸡婆子上去就是一口。这一啄，铜蜻蜓的硬簧绷开，鸡嘴撑住了，叫不出来了。正在这鸡十分纳闷的时候，上去一把薅住。

明子曾经跟这位正经人要过铜蜻蜓看看。他拿到小英子家门前试了一试，果然！小英的娘知道了，骂明子：

“要死了！儿子！你怎么到我家来玩铜蜻蜓了！”

小英子跑过来：

“给我！给我！”

她也试了试，真灵，一个黑母鸡一下子就把嘴撑住，傻了眼了！

下雨阴天，这二位就光临荸荠庵，消磨一天。

有时没有外客，就把老师叔也拉出来，打牌的结局，大都是当家和尚气得鼓鼓的：“× 妈妈的！又输了！下回不来了！”

他们吃肉不瞒人。年下也杀猪。杀猪就在大殿上。一切都和在家人一样，开水、木桶、尖刀。捆猪的时候，猪也是没命地叫。跟在家人不同的，是多一道仪式，要给即将升天的猪念一道“往生咒”，并且总是老师叔念，神情很庄重：

> ……一切胎生、卵生、息生，来从虚空来，还归虚空去，往生再世，皆当欢喜。南无阿弥陀佛！

三师父仁渡一刀子下去，鲜红的猪血就带着很多沫子喷出来。

…………

明子老往小英子家里跑。

小英子的家像一个小岛，三面都是河，西面有一条小路通到荸荠庵。独门独户，岛上只有这一家。岛上有六棵大桑树，夏天都结大桑椹，三棵结白的，三棵结紫的；一个菜园子，瓜豆蔬菜，四时不缺。院墙下半截是砖砌的，上半截是泥夯的。大门是桐油油过的，贴着一副万年红的春联：

> 向阳门第春常在
> 积善人家庆有余

门里是一个很宽的院子。院子里一边是牛屋、碓棚；一边是猪圈、鸡窠，还有个关鸭子的栅栏。露天地放着一具石磨。正北面是住房，也是砖基土筑，上面盖的一半是瓦，一半是草。房子翻修了才三年，木料还露着白茬。正中是堂屋，家神菩萨的画像上贴的金还没有发黑。两边是卧房。隔扇窗上各嵌了一块一尺见方的玻璃，明亮亮的，——这在乡下是不多见的。房檐下一边种着一棵石榴树，一边种着一棵栀子花，都齐房檐高了。夏天开了花，一红一白，好看得很。栀子花香得冲鼻子。顺风的时候，在荸荠庵都闻得见。

这家人口不多。他家当然是姓赵。一共四口人：赵大伯、赵大妈，两个女儿，大英子、小英子。老两口没有儿子。因为这些年人不得病，牛不生灾，也没有大旱大水闹蝗虫，日子过得很兴旺。他们家自己有田，本来够吃的了，又租种了庵上的十亩田。自己的田里，一亩种了荸荠，——这一半是小英子的主意，她爱吃荸荠，一亩种了茨菇。家里喂了一大群鸡鸭，单是鸡蛋鸭毛就够一年的油盐了。赵大伯是个能干人。他是一个“全把式”，不但田里场上样样精通，还会罩鱼、洗磨、凿砻、修水车、修船、砌墙、烧砖、箍桶、劈篾、绞麻绳。他不咳嗽，不腰疼，结结实实，像一棵榆树。人很和气，一天不声不响。赵大伯是一棵摇钱树，赵大娘就是个聚宝盆。大娘精神得出奇。五十岁了，两个眼睛还是清亮亮的。不论什么时候，头都是梳得滑滴滴的，身上衣服都是格挣挣的。像老头子一样，她一天不闲着。煮猪食，喂猪，腌咸菜，——她腌的咸萝卜干非常好吃，舂粉子，磨小豆腐，编蓑衣，织芦篚。她还会剪花样子。这里嫁闺女，陪嫁妆，磁坛子、锡罐子，都要用梅红纸剪出吉祥花样，贴在上面，讨个吉利，也才好看：“丹凤朝阳”呀、“白头到老”呀、“子孙万代”呀、“福寿绵长”呀。二三十里的人家都来请她：“大娘，好日子是十六，你哪天去呀？”——“十五，我一大清早就来！”

“一定呀！”——“一定！一定！”

两个女儿，长得跟她娘像一个模子里托出来的。眼睛长得尤其像，白眼珠鸭蛋青，黑眼珠棋子黑，定神时如清水，闪动时像星星。浑身上下，头是头，脚是脚。头发滑滴滴的，衣服格挣挣的。——这里的风俗，十五六岁的姑娘就都梳上头了。这两个丫头，这一头的好头发！通红的发根，雪白的簪子！娘女三个去赶集，一集的人都朝她们望。

姐妹俩长得很像，性格不同。大姑娘很文静，话很少，像父亲。小英子比她娘还会说，一天咭咭呱呱地不停。大姐说：

“你一天到晚咭咭呱呱——”

“像个喜鹊！”

“你自己说的！——吵得人心乱！”

“心乱？”

“心乱！”

“你心乱怪我呀！”

二姑娘话里有话。大英子已经有了人家，小人她偷偷地看过，人很敦厚，也不难看，家道也殷实，她满意。已经下过小定，日子还没有定下来。她这二年，很少出房门，整天赶她的嫁妆。大裁大剪，她都会。挑花绣花，不如娘。她可又嫌娘出的样子太老了。她到城里看过新娘子，说人家现在绣的都是活花活草。这可把娘难住了。最后是喜鹊忽然一拍屁股：“我给你保举一个人！”

这人是谁？是明子。明子念“上孟下孟”的时候，不知怎么得了半套《芥子园》，他喜欢得很。到了荸荠庵，他还常翻出来看，有时还把旧账簿子翻过来，照着描。小英子说：

“他会画！画得跟活的一样！”

小英子把明海请到家里来，给他磨墨铺纸，小和尚画了几张，大英子喜欢得了不得：

“就是这样！就是这样！这就可以乱孱！”——所谓“乱孱”是绣花的一种针法：绣了第一层，第二层的针脚插进第一层的针缝，这样颜色就可由深到淡，不露痕迹，不像娘那一代绣的花是平针，深浅之间，界限分明，一道一道的。小英子就像个书僮，又像个参谋：

“画一朵石榴花！”

“画一朵栀子花。”

她把花掐来，明海就照着画。

到后来，凤仙花、石竹子、水蓼、淡竹叶、天竺果子、腊梅花，他都能画。

大娘看着也喜欢，搂住明海的和尚头：

“你真聪明！你给我当一个干儿子吧！”

小英子捺住他的肩膀，说：

“快叫！快叫！”

小明子跪在地下磕了一个头，从此就叫小英子的娘做干娘。

大英子绣的三双鞋，三十里方圆都传遍了。很多姑娘都走路坐船来看。看完了，就说：“啧啧啧，真好看！这哪是绣的，这是一朵鲜花！”她们就拿了纸来央大娘求了小和尚来画。有求画帐檐的，有求画门帘飘带的，有求画鞋头花的。每回明子来画花，小英子就给他做点好吃的，煮两个鸡蛋，蒸一碗芋头，煎几个藕团子。

因为照顾姐姐赶嫁妆，田里的零碎生活小英子就全包了。她的帮手，是明子。

这地方的忙活是栽秧、车高田水、薅头遍草，再就是割稻子、打场了。这几茬重活，自己一家是忙不过来的。这地方兴换工。排好了日期，几家顾一家，轮流转。不收工钱，但是吃好的。一天吃六顿，两头见肉，顿顿有酒。干活时，敲着锣鼓，唱着歌，热闹得很。其余的时候，各顾各，不显得紧张。

薅三遍草的时候，秧已经很高了，低下头看不见人。一听见非常脆亮的嗓子在一片浓绿里唱：

栀子哎开花哎六瓣头哎……
姐家哎门前哎一道桥哎……

明海就知道小英子在哪里，三步两步就赶到，赶到就低头薅起草来。傍晚牵牛“打汪”，是明子的事。——水牛怕蚊子。这里的习惯，牛卸了轭，饮了水，就牵到一口和好泥水的“汪”里，由它自己打滚扑腾，弄得全身都是泥浆，这样蚊子就咬不透了。低田上水，只要一挂十四轧的水车，两个人车半天就够了。明子和小英子就伏在车杠上，不紧不慢地踩着车轴上的拐子，轻轻地唱着明海向三师父学来的各处山歌。打场的时候，明子能替赵大伯一会，让他回家吃饭。——赵家自己没有场，每年都在荸荠庵外面的场上打谷子。他一扬鞭子，喊起了打场号子：

“格当嘚——”

这打场号子有音无字，可是九转十三弯，比什么山歌号子都好听。赵大娘在家，听见明子的号子，就侧起耳朵：

“这孩子这条嗓子！”

连大英子也停下针线：

“真好听！”

小英子非常骄傲地说：

“一十三省数第一！”

晚上，他们一起看场。——荸荠庵收来的租稻也晒在场上。他们并肩坐在一个石磙子上，听青蛙打鼓，听寒蛇唱歌，——这个地方以为蝼蛄叫是蚯蚓叫，而且叫蚯蚓叫“寒蛇”，听纺纱婆子不停地纺纱，“吵——”，看萤火虫飞来飞去、看天上的流星。

“呀！我忘了在裤带上打一个结！”小英子说。

这里的人相信，在流星掉下来的时候在裤带上打一个结，心里想什么好事，就能如愿。

…………

“揼”荸荠，这是小英最爱干的生活。秋天过去了，地净场光，荸荠的叶子枯了，——荸荠的笔直的小葱一样的圆叶子里是一格一格的，用手一捋，哔哔地响，小英子最爱捋着玩，——荸荠藏在烂泥里。赤了脚，在凉浸浸滑溜溜的泥里踩着，——哎，一个硬疙瘩！伸手下去，一个红紫红紫的荸荠。她自己爱干这生活，还拉了明子一起去。她老是故意用自己的光脚去踩明子的脚。

她挎着一篮子荸荠回去了，在柔软的田埂上留了一串脚印。明海看着她的脚印，傻了。五个小小的趾头，脚掌平平的，脚跟细细的，脚弓部分缺了一块。明海身上有一种从来没有过的感觉，他觉得心里痒痒的。这一串美丽的脚印把小和尚的心搞乱了。

…………

明子常搭赵家的船进城，给庵里买香烛，买油盐。闲时是赵大伯划船；忙时是小英子去，划船的是明子。

从庵赵庄到县城，当中要经过一片很大的芦花荡子。芦苇长得密密的，当中一条水路，四边不见人。划到这里，明子总是无端端地觉得心里很紧张，他就使劲地划桨。

小英子喊起来：

“明子！明子！你怎么啦？你发疯啦？为什么划得这么快？”

…………

明海到善因寺去受戒。

“你真的要去烧戒疤呀？”

“真的。”

“好好的头皮上烧八个洞，那不疼死啦？”

“咬咬牙。舅舅说这是当和尚的一大关，总要过的。”

“不受戒不行吗？”

“不受戒的是野和尚。”

“受了戒有啥好处？”

“受了戒就可以到处云游，逢寺挂褡。”

“什么叫‘挂褡’？”

“就是在庙里住。有斋就吃。”

“不把钱？”

“不把钱。有法事，还得先尽外来的师父。”

“怪不得都说‘远来的和尚会念经’。就凭头上这几个戒疤？”

“还要有一份戒牒。”

“闹半天，受戒就是领一张和尚的合格文凭呀！”

“就是！”

“我划船送你去。”

“好。”

小英子早早就把船划到荸荠庵门前。不知是什么道理，她兴奋得很。她充满了好奇心，想去看看善因寺这座大庙，看看受戒是个啥样子。

善因寺是全县第一大庙，在东门外，面临一条水很深的护城河，三面都是大树，寺在树林子里，远处只能隐隐约约看到一点金碧辉煌的屋顶，不知道有多大。树上到处挂着“谨防恶犬”的牌子。这寺里的狗出名的厉害。平常不大有人进去。放戒期间,任人游看，恶狗都锁起来了。

好大一座庙！庙门的门坎比小英子的肐膝都高。迎门矗着两块大牌，一边一块，一块写着斗大两个大字：“放戒”，一块是：“禁止喧哗”。这庙里果然是气象庄严，到了这里谁也不敢大声咳嗽。明海自去报名办事，小英子就到处看看。好家伙，这哼哈二将、四大天王，有三丈多高，都是簇新的，才装修了不久。天井有二亩地大，铺着青石，种着苍松翠柏。“大雄宝殿”，这才真是个“大殿”！一进去，凉飕飕的。到处都是金光耀眼。释迦牟尼佛坐在一个莲花座上，单是莲座，就比小英子还高。抬起头来也看不全他的脸，只看到一个微微闭着的嘴唇和胖敦敦的下巴。两边的两根大红蜡烛，一搂多粗。佛像前的大供桌上供着鲜花、绒花、绢花，还有珊瑚树、玉如意、整颗的大象牙。香炉里烧着檀香。小英子出了庙，闻着自己的衣服都是香的。挂了好些幡。这些幡不知是什么缎子的，那么厚重，绣的花真细。这么大一口磬，里头能装五担水！这么大一个木鱼，有一头牛大，漆得通红的。她又去转了转罗汉堂，爬到千佛楼上看了看。真有一千个小佛！她还跟着一些人去看了看藏经楼。藏经楼没有什么看头，都是经书！妈吔！逛了这么一圈，腿都酸了。小英子想起还要给家里打油，替姐姐配丝线，给娘买鞋面布，给自己买两个坠围裙飘带的银蝴蝶，给爹买旱烟，就出庙了。

等把事情办齐，晌午了。她又到庙里看了看，和尚正在吃粥。好大一个“膳堂”，坐得下八百个和尚。吃粥也有这样多讲究：正面法座上摆着两个锡胆瓶，里面插着红绒花，后面盘膝坐着一个穿了大红满金绣袈裟的和尚，手里拿了戒尺。这戒尺是要打人的。哪个和尚吃粥吃出了声音，他下来就是一戒尺。不过他并不真的打人，只是做个样子。真稀奇，那么多的和尚吃粥，竟然不出一点声音！她看见明子也坐在里面，想跟他打个招呼又不好打。想了想，管他禁止不禁止喧哗，就大声喊了一句：“我走啦！”她看见明子目不斜视地微微点了点头，就不管很多人都朝自己看，大摇大摆地走了。

第四天一大清早小英子就去看明子。她知道明子受戒是第三天半夜，——烧戒疤是不许人看的。她知道要请老剃头师父剃头，要剃得横摸顺摸都摸不出头发茬子，要不然一烧，就会“走”了戒，烧成了一片。她知道是用枣泥子先点在头皮上，然后用香头子点着。她知道烧了戒疤就喝一碗蘑菇汤，让它“发”，还不能躺下，要不停地走动，叫做“散戒”。这些都是明子告诉她的。明子是听舅舅说的。

她一看，和尚真在那里“散戒”，在城墙根底下的荒地里。一个一个，穿了新海青，光光的头皮上都有八个黑点子。——这黑疤掉了，才会露出白白的、圆圆的“戒疤”。和尚都笑嘻嘻的，好像很高兴。她一眼就看见了明子。隔着一条护城河，就喊他：

“明子！”

“小英子！”

“你受了戒啦？”

“受了。”

“疼吗？”

“疼。”

“现在还疼吗？”

“现在疼过去了。”

“你哪天回去？”

“后天。”

“上午？下午？”

“下午。”

“我来接你！”

“好！”

…………

小英子把明海接上船。

小英子这天穿了一件细白夏布上衣，下边是黑洋纱的裤子，赤脚穿了一双龙须草的细草鞋，头上一边插着一朵栀子花，一边插着一朵石榴花。她看见明子穿了新海青，里面露出短褂子的白领子，就说：“把你那外面的一件脱了，你不热呀！”

他们一人一把桨。小英子在中舱，明子扳艄，在船尾。

她一路问了明子很多话，好像一年没有看见了。

她问，烧戒疤的时候，有人哭吗？喊吗？

明子说，没有人哭，只是不住地念佛。有个山东和尚骂人：

“俺日你奶奶！俺不烧了！”

她问善因寺的方丈石桥是相貌和声音都很出众吗？

“是的。”

“说他的方丈比小姐的绣房还讲究？”

“讲究。什么东西都是绣花的。”

“他屋里很香？”

“很香。他烧的是伽楠香，贵得很。”

“听说他会做诗，会画画，会写字？”

“会。庙里走廊两头的砖额上，都刻着他写的大字。”

“他是有个小老婆吗？”

“有一个。”

“才十九岁？”

“听说。”

“好看吗？”

“都说好看。”

“你没看见？”

“我怎么会看见？我关在庙里。”

明子告诉她，善因寺一个老和尚告诉他，寺里有意选他当沙弥尾，不过还没有定，要等主事的和尚商议。

“什么叫‘沙弥尾’？”

“放一堂戒，要选出一个沙弥头，一个沙弥尾。沙弥头要老成，要会念很多经。沙弥尾要年轻，聪明，相貌好。”

“当了沙弥尾跟别的和尚有什么不同？”

“沙弥头，沙弥尾，将来都能当方丈。现在的方丈退居了，就当。石桥原来就是沙弥尾。”

“你当沙弥尾吗？”

“还不一定哪。”

“你当方丈，管善因寺？管这么大一个庙？！”

“还早呐！”

划了一气，小英子说：“你不要当方丈！”

“好，不当。”

“你也不要当沙弥尾！”

“好，不当。”

又划了一气，看见那一片芦花荡子了。

小英子忽然把桨放下，走到船尾，趴在明子的耳朵旁边，小声地说：

“我给你当老婆，你要不要？”

明子眼睛鼓得大大的。

“你说话呀！”

明子说：“嗯。”

“什么叫‘嗯’呀！要不要，要不要？”

明子大声地说：“要！”

“你喊什么！”

明子小小声说：“要——！”

“快点划！”

英子跳到中舱，两只桨飞快地划起来，划进了芦花荡。

芦花才吐新穗。紫灰色的芦穗，发着银光，软软的，滑溜溜的，像一串丝线。有的地方结了蒲棒，通红的，像一支一支小蜡烛。青浮萍，紫浮萍。长脚蚊子，水蜘蛛。野菱角开着四瓣的小白花。惊起一只青庄（一种水鸟），擦着芦穗，扑鲁鲁鲁飞远了。

…………

一九八〇年八月十二日，写四十三年前的一个梦。

载一九八〇年第十期《北京文艺》

【赏析】

汪曾祺非常善于讲故事，整篇小说就像一股泉水，汩汩流淌。小说从小明子出家讲起，讲舅舅带他到荸荠庵出家，因而邂逅小英子。继而讲到荸荠庵，讲到庵里三位师父，各有特色，却都不是典型的和尚，他们娶老婆、打牌、杀猪、唱情歌……然后绕到荸荠庵旁边的小英子家，一个世外桃源般的住所。这家人憨厚老实，两个女儿长得标致可人。接下来自然就是明海和小英子两小无猜的交往，高潮处是明海要到善因寺受戒，小英子送他去又接他回来，回来水路上两人私订终身。

读这篇小说的时候，你会觉得分外轻松，感受到一种内在的欢乐。作家以人道主义者的目光审视世界，通过简约平淡的语言、随意松散的结构，书写普通人事，赞颂人性美。作家在小说的结尾注明这是“写四十三年前的一个梦”，也就是一九三七年的事，那时候他大约十七岁，年轻时的爱情总是朦朦胧胧，叫人怀念的。

要好好理解这篇小说，首先要抛开一些既定的成见，要不你会惊奇为什么和尚可以这样子？其实，在中国一些偏远的小镇，当和尚并不是什么宗教不宗教的问题，而是一种“职业”。“他的家乡出和尚。就像有的地方出劁猪的，有的地方出织席子的，有的地方出箍桶的，有的地方出弹棉花的，有的地方出画匠，有的地方出婊子，他的家乡出和尚。”另外，“当和尚有很多好处”，比如可以吃现成饭，可以攒钱，将来可以还俗娶亲。因此，荸荠庵里三位师父的行为都是极其自然的。二师父的老婆每年夏秋之间都会来庵里住几个月，因为庵里凉快；三师父甚至唱出“姐儿生得漂漂的，两个奶子翘翘的。有心上去摸一把，心里有点跳跳的。”的情歌。“这个庵里无所谓清规，连这两个字也没人提起。”没有清规，所以每个人都活得自在，生活态度就是庵里挂着的那副对联：“大肚能容容天下难容之事，开颜一笑笑世间可笑之人。”

明子和小英子的爱情就是放置在这样一个背景下来进行的，一切都显得自然美好。明子帮小英子的姐姐画花，小英子给他做好吃的；晚上，两人并肩坐在石磙上听青蛙打鼓，看萤火虫，看流星；早上，一块儿摘荸荠，明子看着小英子留在田埂上的脚印，心里感到痒痒的；还有彼此之间稚气的对白，尤其是文末小英子要给明子当老婆那一段，让人感到恋爱的单纯与美好。含蓄的结尾更赋予读者无限的想象空间，明子和小英子划船进了芦花荡，之后会发生什么事呢，作家故意不交代，并以诗意的文字来写景，写景处却暗示了他们的爱情。

“受戒”与“恋爱”本是相悖的概念，但在小说里变得和谐美好。这是一个美善交融的人生境界，这种境界不易达到，汪曾祺的小说或许只有这一篇符合这样的境界。这不单单是两位小主人公的欢乐，也是汪曾祺终于摆脱世间枷锁，可以随心所欲创作的欢乐。

天鹅之死

【题解】

“反右倾”斗争、“文化大革命”的经历几乎是所有现当代中国作家的集体回忆，除了上文提到的“伤痕文学”和“反思文学”，还有杨绛《干校六记》、季羡林《牛棚杂记》一类的散文。近年来，余华、莫言、严歌苓等作家仍在创作“文化大革命”相关小说。汪曾祺虽然偏好书写人性美，追求和谐文风，但也写过几篇“文化大革命”题材的小说。不过，八十年代和九十年代汪氏的书写方式不尽相同，此篇为八十年代的创作，处理手法相对含蓄，力求文字之美。

【文本】

“阿姨，都白天了，怎么还有月亮呀？”

“阿姨，月亮是白色的，跟云的颜色一样。”

“阿姨，天真蓝呀。”

“蓝色的天，白色的月亮，月亮里有蓝色的云，真好看呀！”

“真好看！”

“阿姨，树叶都落光了。树是紫色的。树干是紫色的。树枝也是紫色的。树上的风也是紫色的。真好看！”

“真好看！”

“阿姨，你好看！”

“我从前好看。”

“不！你现在也好看。你的眼睛好看。你的脖子，你的肩，你的腰，你的手，都好看。你的腿好看。你的腿多长呀。阿姨，我们爱你！”

“小朋友，我也爱你们！”

“阿姨，你的腿这两天疼了吗？”

“没有。要上坡了，小朋友，小心！”

“哦！看见玉渊潭了！”

“玉渊潭的水真清呀！”

“阿姨，那是什么？雪白雪白的，像花一样的发亮，一，二，三，四。”

白蕤从心里发出一声惊呼：

“是天鹅！”

“是天鹅？”

“冬泳的叔叔，那是天鹅吗？”

“是的，小朋友。”

“它们是怎么来的？”

“它们是自己飞来的。”

“它们从哪儿飞来？”

“从很远很远的北方。”

“是吗？——欢迎你，白天鹅！”

“欢迎你到我们这儿来做客！”

天鹅在天上飞翔，

去寻找温暖的地方。

飞过了大兴安岭，

雪压的落叶松的密林里，闪动着鄂温克族狩猎队篝火的红光。

白蘼去看乌兰诺娃，去看天鹅。

大提琴的柔风托起了乌兰诺娃的双臂，钢琴的露珠从她的指尖流出。

她的柔弱的双臂伏下了。

又轻轻地挣扎着，抬起了脖颈。

钢琴流尽了最后的露滴，再也没有声音了。

天鹅死了。

白蘼像是在一个梦里。

她的眼睛里都是泪水。

她的眼泪流进了她的梦。

天鹅在天上飞翔，

去寻找温暖的地方。
飞过了呼伦贝尔草原，
草原一片白茫茫。
圈儿河依恋着家乡，
它流去又回头。
在雪白的草原上，
画出了一个又一个铁青色的圆圈。

白蕤考进了芭蕾舞校。经过刻苦的训练，她的全身都变成了音乐。

她跳《天鹅之死》。

大提琴和钢琴的旋律吹动着她的肢体，她的手指和足尖都在想象。

天鹅在天上飞翔，
去寻找温暖的地方。

某某去看了芭蕾。

他用猥亵的声音说：

“这他妈的小妞儿！那胸脯，那小腰，那么好看的大腿！……”

他满嘴喷着酒气。

他做了一个淫荡的梦。

天鹅在天上飞翔，

去寻找温暖的地方。

“文化大革命”。中国的森林起了火了。

白蕤被打成了现行反革命。因为她说：

“《天鹅之死》就是美！乌兰诺娃就是美！”

天鹅在天上飞翔。

某某成了“工宣队员”。他每天晚上都想出一种折磨演员的花样。

他叫她们背着床板在大街上跑步。

他叫她们做折损骨骼的苦工。

他命令白蕤跳《天鹅之死》。

“你不是说《天鹅之死》就是美吗？你给我跳，跳一夜！”

录音机放出了音乐。音乐使她忘记了眼前的一切。她快乐。

她跳《天鹅之死》。

她看看某某，发现他的下牙突出在上牙之外。北京人管这种长相叫“地包天”。

她跳《天鹅之死》。

她羞耻。

她跳《天鹅之死》。

她愤怒。

她跳《天鹅之死》。

她摔倒了。

她跳《天鹅之死》。

天鹅在天上飞翔，

去寻找温暖的地方。

飞过太阳岛，

飞过松花江。

飞过华北平原，

越冬的麦粒在松软的泥土里睡得正香。

经过长途飞行，天鹅的体重减轻了，但是翅膀上增添了力量。

天鹅在天上飞翔，

在天上飞翔，

玉渊潭在月光下发亮。

“这儿真好呀！这儿的水不冻，这儿暖和，咱们就在这儿过冬，好吗？”

四只天鹅翩然落在玉渊潭上。

白蕤转业了。她当了保育员。她还是那样美，只是因为左腿曾经骨折，每到阴天下雨，就隐隐发痛。

自从玉渊潭来了天鹅，她隔两三天就带着孩子们去看一次。

孩子们对天鹅说：

“天鹅天鹅你真美！”

“天鹅天鹅我爱你！”

“天鹅天鹅真好看！”

“我们和你来作伴！”

甲、乙两青年，带了一支猎枪，偷偷走近玉渊潭。

天已经黑了。

一声枪响，一只天鹅毙命。其余的三只，惊恐万状，一夜哀鸣。

被打死的天鹅的伴侣第二天一天不鸣不食。

傍晚七点钟时还看见它。

半夜里，它飞走了。

白蘧看着报纸，她的眼前浮现出一张“地包天”的脸。

“阿姨，咱们去看天鹅。”

“今天不去了，今天风大，要感冒的。”

“不嘛！去！”

天鹅还在吗？

在！

在那儿，在靠近南岸的水面上。

“天鹅天鹅你害怕吗？”

“天鹅天鹅你别怕！”

湖岸上有好多人来看天鹅。

他们在议论。

“这个家伙，这么好看的东西，你打它干什么？”

“想吃天鹅肉。”

“想吃天鹅肉。”

“都是这场‘文化大革命’闹的！把一些人变坏了，变得心狠了！不知爱惜美好的东西了！”

有人说，那一只也活不成。天鹅是非常恩爱的。死了一只，那一只就寻找一片结实的冰面，从高高的空中摔下来，把自己的胸脯在坚冰上撞碎。

孩子们听着大人的议论，他们好像是懂了，又像是没有懂。他们对着湖面呼喊：

“天鹅天鹅你在哪儿？”

“天鹅天鹅你快回来！”

孩子们的眼睛里有泪。

他们的眼睛发光，像钻石。

他们的眼泪飞到天上，变成了天上的星。

一九八〇年十二月二十九日清晨

一九八七年六月七日校，泪不能禁。

载一九八一年四月十四日《北京日报》

【赏析】

《天鹅之死》如一首散文诗，行文用字精练优雅，虽有愤懑之情，却被优雅的文字所覆盖。整篇以“天鹅”贯穿全文，以“美”的意象来突显“文化大革命”的“丑”。所谓无声胜有声，作家不正面鞭挞黑暗，反而令读者坠入深沉的思考之中。

此篇采用现实与过去相互交叉的叙述手法，道出女主人公白蕤半生的命运。小说从当保育员的白蕤带着小朋友游览玉渊潭开始，他们偶然看见雪白的天鹅，小朋友显得很兴奋，白蕤却因此想起往事：年轻的她热爱舞蹈，尤其爱看乌兰诺娃跳天鹅湖。①后来，白蕤考进芭蕾舞校，跳起优美的天鹅湖。可是，好景不长，“中国的森林起了火了”，白蕤被打成反革命分子。像白蕤这样的舞蹈员在“文化大革命”期间受了不少苦，他们要背着床板在大街上跑步，做着折损骨骼的苦工，面对语言的侮辱。白蕤的左腿就是因此骨折，从此跳不了芭蕾舞。这段往事是不堪回首的，她的眼睛里充满了泪水。

控诉不一定要嘶声力竭的吼叫，有时候诗意的陈述或许更能打动读者。整篇小说没有直面批判的字眼，只是巧妙地引入一个令人反感的负面人物，以其“丑”来突显“文化大革命”期间的各种不可理喻。这位“某某”看芭蕾舞表演时，带着猥亵的、色情的眼光，并对白蕤生起淫荡的联想。可是，这样的人物在“文化大革命”期间居然当了

① 乌兰诺娃，指加林娜·谢尔盖耶夫娜·乌兰诺娃（一九一〇至一九九八），苏联著名的芭蕾舞蹈员，据说连斯大林也被其精湛的舞艺所倾。

工宣队员，于是他贬抑艺术，蹧蹋舞蹈，还强迫白蕤给他跳芭蕾舞。小说里以诗的语言来交代这一段：

> 她跳《天鹅之死》。
> 她羞耻。
> 她跳《天鹅之死》。
> 她愤怒。
> 她跳《天鹅之死》。
> 她摔倒了。
> 她跳《天鹅之死》。

作家以简洁、诗意的文字来交代一种美的摧毁，读后叫人无限唏嘘。小说结尾的青年用枪击毙天鹅是作家心里的隐忧，“文化大革命”虽然已经结束了，但像“某某”这样的人物或许还存在。

汪曾祺一九五八年也曾经被打成“右派”,下放张家口沙岭子劳动，后来又在江青的指导下创作样板戏。相对其他作家而言，这样的遭遇算是“幸运”了，他自己也说过这样的话：“我当了一回右派，真是三生有幸。要不然我这一生就更加平淡了。”[①]这句话可能是自嘲，他似乎看开了，走过去了。相反，他的老师沈从文就没有这么轻松，受到批评后就显得精神紧张，多次尝试自杀，后来索性“转行”，研究历史文物，不再创作。

---

① 汪曾祺著，邓九平编：《汪曾祺全集》，第五卷，《随遇而安》，第132页。

晚饭花[1]

【题解】

这是一个关于暗恋和失恋的故事，篇幅短小，寄意深远。主题非常普通，没有惊天动地的爱情故事，男女主角甚至没有正面交流，但是汪曾祺的处理手法却到达炉火纯青的境界。故事铺排不落俗套，别具一格。用字极其简洁，一字不多，一字不少；笔触含蓄，点染淡淡无奈，点点忧伤。

【文本】

李小龙的家在李家巷。

① 晚饭花，就是野茉莉。因为是在黄昏时开花，晚饭前后开得最为热闹，故又名晚饭花。

这是一条南北向的巷子，相当宽，可以并排走两辆黄包车。但是不长，巷子里只有几户人家。

西边的北口一家姓陈。这家好像特别的潮湿，门口总飘出一股湿布的气味，人的身上也带着这种气味。他家有好几棵大石榴，比房檐还高，开花的时候，一院子都是红通通的。结的石榴很大，垂在树枝上，一直到过年下雪时才剪下来。

陈家往南，直到巷子的南口，都是李家的房子。

东边，靠北是一个油坊的堆栈，粉白的照壁上黑漆八个大字："双窨香油，照庄发客"。

靠南一家姓夏。这家进门就是锅灶，往里是一个不小的院子。这家特别重视过中秋。每年的中秋节，附近的孩子就上他们家去玩，去看院子里还在开着的荷花，几盆大桂花，缸里养的鱼；看他家在院子里摆好了的矮脚的方桌，放了毛豆、芋头、月饼、酒壶，准备一家赏月。

在油坊堆栈和夏家之间，是王玉英的家。

王家人很少，一共三口。王玉英的父亲在县政府当录事，每天一早便提着一个蓝布笔袋、一个铜墨水盒去上班。王玉英的弟弟上小学。王玉英整天一个人在家。她老是在她家的门道里做针线。

王玉英家进门有一个狭长的门道。三面是墙：一面是油坊堆栈的墙，一面是夏家的墙，一面是她家房子的山墙。南墙尽头有一个小房门，里面才是她家的房屋。从外面是看不见她家的房屋的。这是一个长方形的天井，一年四季，照不进太阳。夏天很凉快，上面是高高的蓝天，正面的山墙脚下密密地长了一排晚饭花。王玉英就坐在这个狭长的天井里，坐在晚饭花前面做针线。

李小龙每天放学，都经过王玉英家的门外。他都看见王玉英（他看了陈家的石榴，又看了“双窨香油，照庄发客”，还会看看夏家的花木）。晚饭花开得很旺盛，它们使劲地往外开，发疯一样，喊叫着，把自己开在傍晚的空气里。浓绿的，多得不得了的绿叶子；殷红的，胭脂一样的，多得不得了的红花；非常热闹，但又很凄清。没有一点声音。在浓绿浓绿的叶子和乱乱纷纷的红花之前，坐着一个王玉英。

这是李小龙的黄昏。要是没有王玉英，黄昏就不成其为黄昏了。

李小龙很喜欢看王玉英，因为王玉英好看。王玉英长得很黑，但是两只眼睛很亮，牙很白。王玉英有一个很好看的身子。

红花、绿叶、黑黑的脸、明亮的眼睛、白的牙，这是李小龙天天看的一张画。

王玉英一边做针线，一边等着她的父亲。她已经焖好饭了，等父亲一进门就好炒菜。

王玉英已经许了人家。她的未婚夫是钱老五。大家都叫他钱老五。不叫他的名字，而叫钱老五，有轻视之意。老人们说他“不学好”。人很聪明，会画两笔画，也能刻刻图章，但做事没有长性。教两天小学，又到报馆里当两天记者。他手头并不宽裕，却打扮得像个阔少爷，穿着细毛料子的衣裳，梳着油光光的分头，还戴了一副金丝眼镜。他交了许多“三朋四友”，风流浪荡，不务正业。都传说他和一个寡妇相好，有时就住在那个寡妇家里，还花寡妇的钱。

这些事也传到了王玉英的耳朵里。连李小龙也都听说了嘛，王玉英还能不知道？不过王玉英倒不怎么难过，她有点半信半疑。而且她相信她嫁过去，他就会改好的。她看见过钱老五，她很喜欢他的人才。

钱老五不跟他的哥哥住。他有一所小房，在臭河边。他成天不在家，门老是锁着。

李小龙知道钱老五在哪里住。他放学每天经过。他有时扒在门缝上往里看：里面有三间房，一个小院子，有几棵树。

王玉英也知道钱老五的住处。她路过时，看看两边没有人，也曾经扒在门缝上往里看过。

有一天，一顶花轿把王玉英抬走了。

从此，这条巷子里就看不见王玉英了。

晚饭花还在开着。

李小龙放学回家，路过臭河边，看见王玉英在钱老五家门前的河边淘米。只看见一个背影。她头上戴着红花。

李小龙觉得王玉英不该出嫁，不该嫁给钱老五。他很气愤。

这世界上再也没有原来的王玉英了。

载一九八二年第一期《十月》

【赏析】

我们不妨从技巧的角度来欣赏这篇小说，其中包括意象的运用、人物的刻画、语言的锤炼三个方面。

先说意象的运用。贯穿整篇小说的意象就是“晚饭花”，作家借晚饭花写王玉英，所谓借物写人。这个短篇与《珠子灯》《三姐妹出嫁》合辑为《晚饭花》，小说前引述清代吴其浚《植物名实图考》中关于“晚饭花”的考察：“晚饭花就是野茉莉。因为是在黄昏时开花，晚饭前后开得最为热闹，故又名晚饭花。”汪曾祺对植物有一番考究，他自己就是画写意花草的。此文采用“晚饭花”，是有深意的。“晚饭花”这个花名叫人联想到黄昏，又想到李商隐的“夕阳无限好，只是近黄昏”，无端生起淡淡忧愁，暗示了女主人公的命运。

“晚饭花”的意象与王玉英是融为一体的。她家正面的山墙脚下长了一排密密的晚饭花，她就坐在家里狭长的天井里，坐在晚饭花前做针线。这是怎样一个景观呢？作家通过李小龙的眼睛告诉大家：

> 李小龙每天放学，都经过王玉英家的门外。他都看见王玉英（他看了陈家的石榴，又看了“双窨香油，照庄发客”，还会看看夏家的花木）。晚饭花开得很旺盛，它们使劲地往外开，发疯一样，喊叫着，把自己开在傍晚的空气里。浓绿的，多得不得了的绿叶子；殷红的，胭脂一样的，多得不得了的红花；非常热闹，但又很凄清。没有一点声音。在浓绿浓绿的叶子和乱乱纷纷的红花之前，坐着一个王玉英。

这是李小龙的黄昏。要是没有王玉英，黄昏就不成其为黄昏了。

这就是暗恋着王玉英的李小龙天天看的一幅画！晚饭花开得很热

闹，但是又很凄清。写花就是写人，王玉英想必也“开得热闹”，如花年纪，长得标致可人，可是她一直待在这个人丁单薄的家里，实在孤清。

人物刻画方面，作家善于通过人物行为突出其形象。王玉英是一个怎样的女孩子？作家没有正面写出“乖巧”“文静”“调皮”这样的字眼，但是通过事件的描述，这些个性跃然纸上。比如写到王家，说王家人很少，一共三口。下文提及她的父亲和弟弟，没提及母亲，显然母亲已经不在了，所以她担起了持家的责任，整天一个人坐在门道里做针线，等着父亲下班，饭已经焖好了，等父亲一进门就炒菜。但是，她也有孩子气的一面，文末写道：“王玉英也知道钱老五的住处。她路过时，看看两边没有人，也曾经扒在门缝上往里看过。”像李小龙一样，她也有好奇心，也有孩子气的一面。通过简单的行动来刻画人物性格，比起长篇累牍的描述来得直接有力！

最后说一下语言的锤炼。这是汪曾祺小说的过人之处，一般人或许以为写诗才要斟酌字眼，写小说可以随意。不是这样的，一篇耐读的小说在语言方面同样需要细心斟酌。整篇小说用字极其简练，多用短句，读起来分外轻快。所谓“情人眼里出西施”，李小龙眼中的王玉英有多美呢？文中如此交代：“红花、绿叶、黑黑的脸、明亮的眼睛、白的牙，这是李小龙天天看的一张画。”喜欢一个人，是很简单的一件事，黑黑的皮肤，明亮的眼睛，白白的牙齿，足矣，华丽的形容词是多余的。

除了运用不同手法来渲染故事、刻画人物，这篇小说还有深层的喻意，如不加以推敲，不易明了。这又必须从故事开头的那条巷子讲起，细心的读者不难发现那条不长的李家巷充满着玄机。以下是李家巷各户人家的示意图：

<table>
<tr><td>陈家</td><td rowspan="3">（北）
李家巷
（南）</td><td>油坊堆栈</td></tr>
<tr><td rowspan="2">李家</td><td>王家</td></tr>
<tr><td>夏家</td></tr>
</table>

从作家对李家巷的描述，我们可以猜到一些东西，比如李小龙家是最体面、最富有的人家，因为这条南北向的巷子就叫“李家巷”，又“陈家往南，直到巷子的南口，都是李家的房子”。陈家、夏家各有特色。陈家种了几棵大石榴，开花的时候，一院子都是红通通的，显得很鲜艳、热闹。夏家更讲究，尤其重视过中秋，养荷花、桂花，养鱼，准备好多吃食，小孩子都往夏家跑。夏家应该也是家境不错的。这条巷里只有王家显得孤清寒伧，那些晚饭花都是野生的……所以，李小龙和王玉英从一开始就是不可能的，李家不会允许他家少爷娶对门的贫家女的。

鉴赏家

【题解】

《鉴赏家》是汪曾祺八十年代复出文坛的另一代表作，写于一九八二年，汪老时年六十二岁。汪曾祺这个时期的小说抒情味最浓，小说人物总能让人留下深刻印象。此篇文字冲淡凝练，多用四、六言，兼用对偶、排比，读起来既有音乐感，也有画面感。小说中叶三与季匋民的情谊脱胎自伯牙、子期之交，二人虽然身份悬殊，却分外惺惺相惜。

【文本】

全县第一个大画家是季匋民，第一个鉴赏家是叶三。

叶三是个卖果子的。他这个卖果子的和别的卖果子的不一样。不是开铺子的，不是摆摊的，也不是挑着担子走街串巷的。他专给大宅门送果子。也就是给二三十家送。这些人家他走得很熟，看门的和狗都认识他。到了一定的日子，他就来了。里面听到他敲门的声音，就知道：是叶三。挎着一个金丝篾篮，篮子上插一把小秤，他走进堂屋，扬声称呼主人。主人有时走出来跟他见见面，有时就隔着房门说话。“给您称——？”——“五斤”。什么果子，是看也不用看的，因为到了什么节令送什么果子都是一定的。叶三卖果子从不说价。买果子的人家也总不会亏待他。有的人家当时就给钱，大多数是到节下（端午、中秋、新年）再说。叶三把果子称好，放在八仙桌上，道一声“得罪”，就走了。他的果子不用挑，个个都是好的。他的果子的好处，第一是得四时之先。市上还没有见这种果子，他的篮子里已经有了。第二是都很大，都均匀，很香，很甜，很好看。他的果子全都从他手里过过，有疤的、有虫眼的、挤筐、破皮、变色、过小的全都剔下来，贱价卖给别的果贩。他的果子都是原装；有些是直接到产地采办来的，都是“树熟”，——不是在米糠里闷熟了的。他经常出外，出去买果子比他卖果子的时间要多得多。他也很喜欢到处跑。四乡八镇，哪个园子里，什么人家，有一棵什么出名的好果树，他都知道，而且和园主打了多年交道，熟得像是亲家一样了。——别的卖果子的下不了这样的功夫，也不知道这些路道。到处走，能看很多好景致，知道各地乡风，可资谈助，对身体也好。他很少得病，就是因为路走得多。

立春前后，卖青萝卜。“棒打萝卜”，摔在地下就裂开了。杏子、桃子下来时卖鸡蛋大的香白杏，白得像一团雪，只嘴儿以下有一根红线的“一线红”蜜桃。再下来是樱桃，红的像珊瑚，白的像玛瑙。端午前后，枇杷。夏天卖瓜。七八月卖河鲜：鲜菱、鸡头、莲蓬、花下藕。卖马牙枣，卖葡萄。重阳近了，卖梨：河间府的鸭梨、莱阳的半斤酥，还有一种叫做“黄金坠子”的香气扑人个儿不大的甜梨。菊花开过了，卖金橘，卖蒂部起脐子的福州蜜橘。入冬以后，卖栗子、卖山药（粗如小儿臂）、卖百合（大如拳）、卖碧绿生鲜的檀香橄榄。

他还卖佛手、香橼。人家买去，配架装盘，书斋清供，闻香观赏。

不少深居简出的人，是看到叶三送来的果子，才想起现在是什么节令了的。

叶三卖了三十多年果子，他的两个儿子都成人了。他们都是学布店的，都出了师了。老二是三柜，老大已经升为二柜了。谁都认为老大将来是会升为头柜，并且会当管事的。他天生是一块好材料。他是店里头一把算盘，年终结总时总得由他坐在账房里哔哔剥剥打好几天。接待厂家的客人，研究进货（进货是个大学问，是一年的大计，下年多进哪路货，少进哪路货，哪些必须常备，哪些可以试销，关系全年的盈亏），都少不了他。老二也很能干。量尺、撕布（撕布不用剪子开口，两手的两个指头夹着，借一点巧劲，嗤——的一声，布就撕到头了），干净利落。店伙的动作快慢，也是一个布店的招牌。顾客总愿意从手脚麻利的店伙手里买布。这是天分，也靠练习。有人就一辈子都是迟钝笨拙，改不过来。不管干哪一行，都是人比人，这是没有办法的事。弟兄俩都长得很神气，眉清目秀，不高不矮。布店的店伙穿得都很好。什么料子时新，他们就穿什么料子。他们的衣料当然是价廉物美的。他们买衣料是按进货价算的，不加利润；若是零头，还有折扣。这是布店的规矩，也是老板乐为之的，因为店伙穿得时髦，也是给店里装门面的事。有的顾客来买布，常常指着店伙的长衫或翻在外面的短衫的袖子：

“照你这样的，给我来一件。”

弟兄俩都已经成了家，老大已经有一个孩子，——叶三抱孙子了。

这年是叶三五十岁整生日，一家子商量怎么给老爷子做寿。老大老二都提出爹不要走宅门卖果子了，他们养得起他。

叶三有点生气了：

“嫌我给你们丢人？两位大布店的‘先生’，有一个卖果子的老爹，不好看？”

儿子连忙解释：

“不是的。你老人家岁数大了，老在外面跑，风里雨里，水路旱路，做儿子的心里不安。”

“我跑惯了。我给这些人家送惯了果子。就为了季四太爷一个人，我也得卖果子。”

季四太爷即季匋民。他大排行是老四，城里人都称之为四太爷。

“你们也不用给我做什么寿。你们要是有孝心，把四太爷送我的画拿出去裱了，再给我打一口寿材。”这里有这样一种风俗，早早就把寿材准备下了，为的讨个吉利：添福添寿。于是就都依了他。

叶三还是卖果子。

他真是为了季匋民一个人卖果子的。他给别人家送果子是为了挣钱，他给季匋民送果子是为了爱他的画。

季匋民有一个脾气，一边画画，一边喝酒。喝酒不就菜，就水果。画两笔，凑着壶嘴喝一大口酒，左手拈一片水果，右手执笔接着画。画一张画要喝二斤花雕，吃斤半水果。

叶三搜罗到最好的水果，总是首先给季匋民送去。

季匋民每天一起来就走进他的小书房——画室。叶三不须通报，由一个小六角门进去，走过一条碎石铺成的冰花曲径，隔窗看见季匋民，就提着、捧着他的鲜果走进去。

“四太爷，枇杷，白沙的！”

“四太爷，东墩的西瓜，三白！——这种三白瓜有点梨花香味，别处没有！”

他给季匋民送果子，一来就是半天。他给季匋民磨墨、漂朱膘、研石青石绿、抻纸。季匋民画的时候，他站在旁边很入神地看，专心致意，连大气都不出。有时看到精彩处，就情不自禁的深深吸一口气，甚至小声地惊呼起来。凡是叶三吸气、惊呼的地方，也正是季匋民的得意之笔。季匋民从不当众作画，他画画有时是把书房门锁起来的。对叶三可例外，他很愿意有这样一个人在旁边看着，他认为叶三真懂，叶三的赞赏是出于肺腑，不是假充内行，也不是谀媚。

季匋民最讨厌听人谈画。他很少到亲戚家应酬。实在不得不去的，他也是到一到，喝半盏茶就道别。因为席间必有一些假名士高谈阔论。因为季匋民是大画家，这些名士就特别爱在他面前评书论画，借以卖弄自己高雅博学。这种议论全都是道听途说，似通不通。季匋民听了，实在难受。他还知道，他如果随声答音，应付几句，某一名士就会在别的应酬场所重贩他的高论，且说："兄弟此言，季匋民亦深为首肯。"

但是他对叶三另眼相看。

季匋民最佩服李复堂[①]。他认为扬州八怪里李复堂功力最深，大幅小品都好，有笔有墨，也奔放；也严谨，也浑厚，也秀润，而且不装模作样，没有江湖气。有一天叶三给他送来四开李复堂的册页，使季匋民大吃一惊：这四开册页是真的！季匋民问他是多少钱买的，叶三说没花钱。他到三垛贩果子，看见一家的橱柜的玻璃里镶了四幅画，——他在四太爷这里看过不少李复堂的画，能辨认，他用四张"苏州片"[②]跟那家换了。"苏州片"花花绿绿的，又是簇新的，那家还很高兴。

叶三只是从心里喜欢画，他从不瞎评论。季匋民画完了画，钉在壁上，自己负手远看，有时会问叶三：

"好不好？"

"好！"

"好在哪里？"

叶三大都能一句话说出好在何处。

---

① 李复堂，名鲜，字宗扬，复堂是他的号，又号懊道人。他是康熙年间的举人，当过滕县知县，因为得罪上级，功名和官都被革掉了，终年只做画师。他作画有时得向郑板桥去借纸，大概是相当穷困的。他本画工笔，是宫廷画家蒋廷锡的高足。后到扬州，改画写意，师法高其佩，受徐青藤、八大、石涛的影响，风度大变，自成一家。

② 苏州片，指仿旧的画，多为工笔花鸟，设色娇艳，旧时多为苏州画工所作，行销各地，故称"苏州片"。苏州片也有仿制得很好的，并不俗气。

季匋民画了一幅紫藤，问叶三。

叶三说："紫藤里有风。"

"唔！你怎么知道？"

"花是乱的。"

"对极了！"

季匋民提笔题了两句词：

深院悄无人，风拂紫藤花乱。

季匋民画了一张小品，老鼠上灯台。叶三说："这是一只小老鼠。"

"何以见得？"

"老鼠把尾巴卷在灯台柱上。它很顽皮。"

"对！"

季匋民最爱画荷花。他画的都是墨荷。他佩服李复堂，但是画风和复堂不似。李画多凝重，季匋民飘逸。李画多用中锋，季匋民微用侧笔，——他写字写的是章草。李复堂有时水墨淋漓，粗头乱眼，意在笔先；季匋民没有那样的恣悍，他的画是大写意，但总是笔意俱到，收拾得很干净，而且笔致疏朗，善于利用空白。他的墨荷参用了张大千，但更为舒展。他画的荷叶不勾筋，荷梗不点刺，且喜作长幅，荷梗甚长，一笔到底。

有一天，叶三送了一大把莲蓬来，季匋民一高兴，画了一幅墨荷，好些莲蓬。画完了，问叶三："如何？"

叶三说："四太爷，你这画不对。"

“不对？”

“‘红花莲子白花藕’。你画的是白荷花，莲蓬却这样大，莲子饱，墨色也深，这是红荷花的莲子。”

“是吗？我头一回听见！”

季匋民于是展开一张八尺生宣，画了一张红莲花，题了一首诗：

红花莲子白花藕，
果贩叶三是我师。
惭愧画家少见识，
为君破例著胭脂。

季匋民送了叶三很多画。——有时季匋民画了一张画，不满意，团掉了。叶三捡起来，过些日子送给季匋民看看，季匋民觉得也还不错，就略改改，加了题，又送给了叶三。季匋民送给叶三的画都是题了上款的。叶三也有个学名。他五行缺水，起名润生。季匋民给他起了个字，叫泽之。送给叶三的画上，常题“泽之三兄雅正”。有时径题“画与叶三”。季匋民还向他解释：以排行称呼，是古人风气，不是看不起他。

有时季匋民给叶三画了画，说：“这张不题上款吧，你可以拿去卖钱，——有上款不好卖。”

叶三说：“题不题上款都行。不过您的画我不卖！”

“不卖？”

“一张也不卖！”

他把季匋民送他的画都放在他的棺材里。

十多年过去了。

季匋民死了。叶三已经不卖果子，但是他四季八节，还四处寻觅鲜果，到季匋民坟上供一供。

季匋民死后，他的画价大增。日本有人专门收藏他的画。大家知道叶三手里有很多季匋民的画，都是精品。很多人想买叶三的藏画。叶三说：

“不卖。”

有一天有一个外地人来拜望叶三，叶三看了他的名片，这人的姓很奇怪。姓“辻”，叫“辻听涛”。一问，是日本人。辻听涛说他是专程来看他收藏的季匋民的画的。

因为是远道来的，叶三只得把画拿出来。辻听涛非常虔诚，要了清水洗了手，焚了一炷香，还先对画轴拜了三拜，然后才展开。他一边看，一边不停地赞叹：

“喔！喔！真好！真是神品！”

辻听涛要买这些画，要多少钱都行。

叶三说：

“不卖。”

辻听涛只好怅然而去。

叶三死了。他的儿子遵照父亲的遗嘱，把季匋民的画和父亲一起装在棺材里，埋了。

一九八二年二月二十八日

载一九八二年第五期《北京文学》

【赏析】

“鉴赏家”是一个冠冕堂皇的头衔，一般指那些厚于赀财而又百无聊赖不得已附庸风雅的阔佬，最不济也是些高学历，有一定社会地位的专业人士。可是，小说中指的却是一名叫“叶三”的果贩。在小说的命名上造成反差,反差带来阅读的新鲜感,打破一般人对“鉴赏家”的理解。然而，当我们慢慢读下去，便会同意汪老所说，叶三是一位真正的艺术“鉴赏家”！

首先，从结构上来看，这篇小说详略有致，用意在刻画叶三的艺术气质。小说可以分成五个部分。

第一段是点题，指出全县第一的大画家是季匋民，第一的鉴赏家是叶三。继而描述叶三卖果子、采购果子的情况。这几段描述足见叶三是个“不平凡”的果贩，身上流露的是艺术家的风范。虽然是个卖水果的，他不随便卖，不开铺、不摆摊、不挑着担子送，只给大宅门送果子。他挎着一个金丝篾篮去送水果，从不说价，话也不多，完全不像一个生意人。而他卖的水果简直是艺术品：均匀、香甜、好看，随时节变更。为什么他卖的水果质量如此之高？因为全经过严挑细选，叶三把不及格的果子全剔下来，贱价卖给别的果贩。另一方面，他不惮辛劳，喜欢到处跑，寻找好的果树，直接跟园主采购。

接下来第三部分写叶三的两个儿子，看似与主题无关，其实是为了引出叶三卖水果的真正原因，就是为了卖给季匋民一人，而给季匋民送水果不是为了挣钱，而是爱他的画。至此，读者明了叶三的真正爱好。第四部分就是小说的高潮，所占篇幅最多，通过与假名士论画的对比，再借“风拂紫藤花乱”“老鼠上灯台”“红花莲子白花藕”三段精彩的点评带出叶三才是真正的“鉴赏家”。这三段点评写得真好，文字简洁典雅，意境亦美。叶三三言两语道出画的精彩处，是真“懂”。大画家也不嫌弃他的身份，所谓知音难得，彼此惺惺相惜。最后一部分是收结，交代季匋民死后，叶三至死不卖他的藏品，这里再次看到一个真正的鉴赏家的风骨。至此，没有读者会反对叶三是全县第一的鉴赏家。

这一篇小说与汪曾祺八十年代其他作品一样，都是作家以一种平等、欣赏的眼光来观察身边的人和事。这一点很值得我们学习，在这个“现实”的，讲求“经济效益”的社会里，我们不期然会对一些身份显赫的人肃然起敬，而忽略了一些平凡人，忽略了他们身上不平凡的特质。汪老在文章里讲到季匋民对假名士的反感，其实讲的正是自己的心声。

最后值得一提的是小说里呈现的风俗。都说汪曾祺善于写风俗，什么是风俗呢？风俗就是民间的传统，试看叶三卖水果一段：“立春前后，卖青萝卜。……再下来是樱桃，红的像珊瑚，白的像玛瑙。……七八月卖河鲜：鲜菱、鸡头、莲蓬、花下藕。……菊花开过了，卖金橘，卖蒂部起脐子的福州蜜橘。”到什么时节，就卖当令的果蔬。这段描写画面丰富，色彩绚丽，仿佛能尝到果子的香味。这一切，对于深受全球化影响的现代都市人来说，真是恍如隔世。

职 业

【题解】

汪曾祺说过这样的话："一般都以为《受戒》《大淖记事》是我的'代表作'，似乎已有定评，但我的回答出乎一些人的意外：《职业》。"小说结尾也提到此篇写于四十年代，八十年代多次改写。可见，此篇在汪老心中有无可代替的地位，如果不是特别喜欢，不会一直惦记在心里。

【文本】

文林街一年四季，从早到晚，有各种吆喝叫卖的声音。街上的居民铺户、大人小孩、大学生、中学生、小学生、小教堂的牧师，和这些叫卖的人自己，都听得很熟了。

"有旧衣烂衫找来卖！"

我一辈子也没有听见过这么脆的嗓子，就像一个牙口极好的人咬着一个脆萝卜似的。这是一个中年的女人，专收旧衣烂衫。她这一声真能喝得千门万户开，声音很高，拉得很长，一口气。她把“有”字切成了“一 ——尤”，破空而来，传得很远（她的声音能传半条街）。“旧衣烂衫”稍稍延长，“卖”字有余不尽：

“一 ——尤旧衣烂衫……找来卖……”

“有人买贵州遵义板桥的化风丹……？”

我从此人的吆喝中知道了一个一般地理书上所不载的地名：板桥，而且永远也忘不了，因为我每天要听好几次。板桥大概是一个镇吧，想来还不小。不过它之出名可能就因为出一种叫化风丹的东西。化风丹大概是一种药吧？这药是治什么病的？我无端地觉得这大概是治小儿惊风的。昆明这地方一年能销多少化风丹？我好像只看见这人走来走去，吆喝着，没有见有人买过她的化风丹。当然会有人买的，否则她吆喝干什么。这位贵州老乡，你想必是板桥的人了，你为什么总在昆明待着呢？你有时也回老家看看么？

黄昏以后，直至夜深，就有一个极其低沉苍老的声音，很悲凉地喊着：

“壁虱药！蛇蚤药！”

壁虱即臭虫。昆明的跳蚤也是真多。他这时候出来吆卖是有道理的。白天大家都忙着，不到快挨咬，或已经挨咬的时候，想不起买壁虱药、蛇蚤药。

有时有苗族的少女卖杨梅、卖玉麦粑粑。

“卖杨梅——！

玉麦粑粑——！”

她们都是苗家打扮，戴一个绣花小帽子，头发梳得光光的，衣服干干净净的，都长得很秀气。她们卖的杨梅很大，颜色红得发黑，叫做“火炭梅”，放在竹篮里，下面衬着新鲜的绿叶。玉麦粑粑是嫩玉米磨制成的粑粑（昆明人叫玉米为苞谷，苗人叫玉麦），下一点盐，蒸熟（蒸出后粑粑上还明显地保留着拍制时的手指印痕），包在玉米的嫩皮里，味道清香清香的。这些苗族女孩子把山里的夏天和初秋带到了昆明的街头了。

…………

在这些耳熟的叫卖声中，还有一种，是：

“椒盐饼子西洋糕！”

椒盐饼子，名副其实：发面饼，里面和了一点椒盐，一边稍厚，一边稍薄，形状像一把老式的木梳，是在铛上烙出来的，有一点油性，颜色黄黄的。西洋糕即发糕，米面蒸成，状如莲蓬，大小亦如之，有一点淡淡的甜味。放的是糖精，不是糖。这东西和“西洋”可以说是毫无瓜葛，不知道何以命名曰“西洋糕”。这两种食品都不怎么诱人。淡而无味,虚泡不实。买椒盐饼子的多半是老头，他们穿着土布衣裳，喝着大叶清茶，抽金堂叶子烟，泛览周王传，流观山海图，一边嚼着这种古式的点心，自得其乐。西洋糕则多是老太太叫住，买给她的小孙子吃。这玩意好消化，不伤人，下肚没多少东西。当然也有其他的人买了充饥，比如拉车的，赶马的马锅头[1]，在茶馆里打扬琴说书的瞎子……

① 马锅头，是马帮的赶马人。不知道为什么叫马锅头。

卖椒盐饼子西洋糕的是一个孩子。他斜挎着一个腰圆形的扁浅木盆，饼子和糕分别放在木盆两侧，上面盖一层白布，白布上放一饼一糕作为幌子，从早到晚，穿街过巷，吆喝着：

“椒盐饼子西洋糕！”

这孩子也就是十一二岁，如果上学，该是小学五六年级。但是他没有上过学。

我从侧面约略知道这孩子的身世。非常简单。他是个孤儿，父亲死得早。母亲给人家洗衣服。他还有个外婆，在大西门外摆一个茶摊卖茶，卖葵花子，他外婆还会给人刮痧、放血、拔罐子，这也能得一点钱。他长大了，得自己挣饭吃。母亲托人求了糕点铺的杨老板，他就做了糕点铺的小伙计。晚上发面，天一亮就起来烧火。帮师傅蒸糕、打饼，白天挎着木盆去卖。

“椒盐饼子西洋糕！”

这孩子是个小大人！他非常尽职，毫不贪玩。遇有唱花灯的、耍猴的、耍木脑壳戏的，他从不挤进人群去看，只是找一个有荫凉、引人注意的地方站着，高声吆喝：

“椒盐饼子西洋糕！”

每天下午，在华山西路、逼死坡前要过龙云的马。这些马每天由马夫牵到郊外去蹓，放了青，饮了水，再牵回来。他每天都是这时经过逼死坡（据说这是明建文帝被逼死的地方），他很爱看这些马。黑马、青马、枣红马。有一匹白马，真是一条龙，高腿狭面，长腰秀颈，雪白雪白。它总不好好走路。马夫拽着它的嚼子，它总是骤骤騃騃的，钉了蹄铁的马蹄踏在石板上，郭答郭答。他站在路边看不厌，但是他没有忘记吆喝：

“椒盐饼子西洋糕！”

饼子和糕卖给谁呢？卖给这些马吗？

他吆喝得很好听，有腔有调。若是谱出来，就是：

|# 55 6-- | 532 --||

椒盐饼子 西洋糕

放了学的孩子（他们背着书包），也觉得他吆喝得好听，爱学他。但是他们把字眼改了，变成了：

|# 55 6-- | 532 --||

捏着鼻子—— 吹洋号

昆明人读“饼”字不走鼻音，“饼子”和“鼻子”很相近。他在前面吆喝，孩子们在他身后模仿：

“捏着鼻子吹洋号！”

这又不含什么恶意，他并不发急生气，爱学就学吧。这些上学的孩子比卖糕饼的孩子要小两三岁，他们大都吃过他的椒盐饼子西洋糕。他们长大了，还会想起这个“捏着鼻子吹洋号”，俨然这就是卖糕饼的小大人的名字。

这一天，上午十一点钟光景，我在一条巷子里看见他在前面走。这是一条很长的、僻静的巷子。穿过这条巷子，便是城墙，往左一拐，不远就是大西门了。我知道今天是他外婆的生日，他是上外婆家吃饭去的（外婆大概炖了肉）。他妈已经先去了。他跟杨老板请了几个小时的假，把卖剩的糕饼交回到柜上，才去。虽然只是背影，但看得出他新剃了头（这孩子长得不难看，大眼睛，样子挺聪明），换了一身干净衣裳。我第一次看到这孩子没有挎着浅盆，散着手走着，觉得很新鲜。他高高兴兴，大摇大摆地走着。忽然回过头来看看。他看到巷子里没有人（他没有看见我，我去看一个朋友，正在倚门站着），忽然大声地、清清楚楚地吆喝了一声：

“捏着鼻子吹洋号！……”

（这是三十多年前在昆明写过的一篇旧作，原稿已失去。前年和去年都改写过，这一次是第三次重写了。）

一九八二年六月二十九日记

载一九八三年第五期《文汇月刊》

【赏析】

《职业》的背景是四十年代的昆明。抗日战争期间，北京大学、清华大学、南开大学在云南昆明组成西南联合大学。一九三九年，十九岁的汪曾祺考上西南联合大学中文系，在昆明度过几年难忘的时光，与沈从文结下深厚的师生情谊。这篇小说的题材便是取自这段生活经历，主人公想必有原型可溯。

《职业》看似没什么故事情节，其实讲了一个很感人的故事，一个贫家孩子坚强地活着，却又不失童真的故事。当我们读到故事结尾时，无不发出会心的微笑，又无端生起一股悲哀感。“看似没什么故事情节”，因为汪老没按传统方法来写小说，而是巧妙地利用各种“声音”来贯串全篇，首尾呼应，突出“职业”的主题，进而呈现人追求“自由”的精神状态。

小说开头写了好几种叫卖声：“有旧衣烂衫找来卖！”“有人买贵州遵义板桥的化风丹……？”“壁虱药！蛇蚤药！”“卖杨梅——！玉麦粑粑！”最后才引出“椒盐饼子西洋糕！”。每一种叫卖声都有它的特色，都让汪曾祺学懂了一点什么，行文之间看出作家的人文关怀。

卖旧衣烂衫的是一个中年妇女，她的声音很高。汪曾祺说：“我一辈子也没有听见过这么脆的嗓子，就像一个牙口极好的人咬着一个脆萝卜似的。”这个比喻非常新鲜，读者仿佛听见那个咬萝卜的声音。第二种叫卖声让汪老知道一个地理书上不载的地名——板桥。此地与清代画家郑板桥同名，汪老怎么忘得了？作家还用呼告的手法写道：“这位贵州老乡，你想必是板桥的人了，你为什么总在昆明待着呢？你有时也回老家看看么？”足见其对四处漂泊做小买卖的人的关怀。写了中年女声，选材上必须作出变化才能提高文章的可读性，所以接下来写了低沉苍老的声音以及苗族少女清脆动听的声音。两把声音所叫卖的东西也南辕北辙，前者是治臭虫的药，后者是颜色鲜艳、味道清香的杨梅、玉麦粑粑。如此铺排，呼应小说开头的“文林街一年四季，从早到晚，有各种吆喝叫卖的声音”。

然而，这些叫卖声都只是铺垫，作家着意要带出的是最后一把声音，一把小孩的声音。小孩叫卖的是“椒盐饼子西洋糕”，即发面饼和发糕。作家评道：“这两种食品都不怎么诱人。淡而无味，虚泡不实。”既然如此，为什么特别注意这把叫卖声呢？因为它是一把小孩的声音！这个孩子只有十一二岁，本应去学校上学，可他已经有一份“职业”，年纪轻轻便要从早到晚，穿街过巷叫卖，身世叫人感到心酸。但汪老把感情收敛得恰到好处，没有渲染孩子的悲剧色彩，提及其身世，只说“非常简单”。这个孩子非常尽职，遇见唱花灯、耍猴的，从不挤进去看；虽然爱看马，却没有忘记吆喝。然后就是文章最精彩的地方：放学的孩子模仿他吆喝，却把字眼改成“捏着鼻子吹洋号”。关于这一情节，作家本可稍加渲染，略抒感慨，但是汪老没有这样做，因为有时含蓄的表达方式更能打动读者。

故事的结尾讲到某天，他外婆生日，他要去外婆家吃饭，请了几个小时假。此时，他双手空空，见四下无人，便喊起“捏着鼻子吹洋号”。至此，小说戛然结束，给读者留下无尽的想象空间。整篇小说以平和的语调来叙述，情节也很简单，但结尾那一句“捏着鼻子吹洋号”却表现了孩子渴望自由的心。汪老把这份“悲哀”的情绪隐藏在欢乐的模仿声之中。

故里三陈

【题解】

“故里三陈”，诚如其名，记作家故里三位陈姓人氏，即陈小手、陈四、陈泥鳅。他们虽然是乡村里的普通人，却都身怀“绝技”，算得上一号人物。汪曾祺化用古代笔记小说的笔法，把人物写得活灵活现，行文用语夹带一股文人情致，涉笔成趣，读起来别有一番风味。

【文本】

陈小手

我们那地方，过去极少有产科医生。一般人家生孩子，都是请老娘。什么人家请哪位老娘，差不多都是固定的。一家宅门的大少奶奶、二少奶奶、三少奶奶，生的少爷、小姐，差不多都是一个老娘接生的。老娘要穿房入户，生人怎么行？老娘也熟知各家的情况，哪个年长的女佣人可以当她的助手，当“抱腰的”，不需临时现找。而且，一般人家都迷信哪个老娘“吉祥”，接生顺当。——老娘家都供着送子娘娘，天天烧香。谁家会请一个男性的医生来接生呢？——我们那里学医的都是男人，只有李花脸的女儿传其父业，成了全城仅有的一位女医人。她也不会接生，只会看内科，是个老姑娘。男人学医，谁会去学产科呢？都觉得这是一桩丢人没出息的事，不屑为之。但也不是绝对没有。陈小手就是一位出名的男性的产科医生。

陈小手的得名是因为他的手特别小，比女人的手还小，比一般女人的手还更柔软细嫩。他专能治难产。横生、倒生，都能接下来（他当然也要借助于药物和器械）。据说因为他的手小，动作细腻，可以减少产妇很多痛苦。大户人家，非到万不得已，是不会请他的。中小户人家，忌讳较少，遇到产妇胎位不正，老娘束手，老娘就会建议：“去请陈小手吧。”

陈小手当然是有个大名的，但是都叫他陈小手。

接生，耽误不得，这是两条人命的事。陈小手喂着一匹马。这匹马浑身雪白，无一根杂毛，是一匹走马。据懂马的行家说，这马走的脚步是“野鸡柳子”，又快又细又匀。我们那里是水乡，很少人家养马。每逢有军队的骑兵过境，大家就争着跑到运河堤上去看“马队”，觉得非常好看。陈小手常常骑着白马赶着到各处去接生，大家就把白马和他的名字联系起来，称之为“白马陈小手”。

同行的医生，看内科的、外科的，都看不起陈小手，认为他不是医生，只是一个男性的老娘。陈小手不在乎这些，只要有人来请，立刻跨上他的白走马，飞奔而去。正在呻吟惨叫的产妇听到他的马脖子上的銮铃的声音，立刻就安定了一些。他下了马，即刻进产房。过了一会（有时时间颇长），听到“哇”的一声，孩子落地了。陈小手满头大汗，走了出来，对这家的男主人拱拱手：“恭喜恭喜！母子平安！”男主人满面笑容，把封在红纸里的酬金递过去。陈小手接过来，看也不看，装进口袋里，洗洗手，喝一杯热茶，道一声“得罪”，出门上马。只听见他的马的銮铃声“哗棱哗棱”……走远了。

陈小手活人多矣。

有一年，来了联军。我们那里那几年打来打去的，是两支军队。一支是国民革命军，当地称之为“党军”；相对的一支是孙传芳的军队。孙传芳自称“五省联军总司令”，他的部队就被称为“联军”。联军驻扎在天王庙，有一团人。团长的太太（谁知道是正太太还是姨太太），要生了，生不下来。叫来几个老娘，还是弄不出来。这太太杀猪也似的乱叫。团长派人去叫陈小手。

陈小手进了天王寺。团长正在产房外面不停地“走柳”。见了陈小手，说：

“大人，孩子，都得给我保住！保不住要你的脑袋！进去吧！”

这女人身上的脂油太多了，陈小手费了九牛二虎之力，总算把孩子掏出来了。和这个胖女人较了半天劲，累得他筋疲力尽。他迤里歪斜走出来，对团长拱拱手：

“团长！恭喜您，是个男伢子，少爷！”

团长龇牙笑了一下，说："难为你了！——请！"

外边已经摆好了一桌酒席，副官陪着。陈小手喝了两盅。团长拿出二十块现大洋，往陈小手面前一送：

"这是给你的！——别嫌少哇！"

"太重了！太重了！"

喝了酒，揣上二十块现大洋，陈小手告辞了："得罪！得罪！"

"不送你了！"

陈小手出了天王庙，跨上马。团长掏出枪来，从后面，一枪就把他打下来了。

团长说："我的女人，怎么能让他摸来摸去！她身上，除了我，任何男人都不许碰！这小子，太欺负人了！日他奶奶！"

团长觉得怪委屈。

一九八二年八月一日急就

陈　四

陈四是个瓦匠，外号"向大人"。

我们那个城里，没有多少娱乐。除了听书，瞧戏，大家最有兴趣的便是看会，看迎神赛会，——我们那里叫做"迎会"。

所迎的神，一是城隍，一是都土地。城隍老爷是阴间的一县之主，但是他的爵位比阳间的县知事要高得多，敕封"灵应侯"。他的气派也比县知事要大得多。县知事出巡，哪有这样威严，这样多的仪仗队伍，还有各种杂耍玩艺的呢？再说打我记事起，就没见过县知事出巡过，他们只是坐了一顶小轿或坐了自备的黄包车到处去拜客。都土地东西南北四城都有，保佑境内的黎民，地位相当于一个区长。他比活着的区长要神气得多，但比城隍菩萨可就差了一大截了。他的爵位是“灵显伯”。都土地都是有名有姓的。我所居住的东城的都土地是张巡。张巡为什么会到我的家乡来当都土地呢，他又不是战死在我们那里的，这一点我始终没有弄明白。张巡是太守，死后为什么倒降职成了区长了呢？我也不明白。

都土地出巡是没有什么看头的。短簇簇的一群人，打着一些稀稀落落的仪仗，把都天菩萨（都土地为什么被称为“都天菩萨”，这一点我也不明白）抬出来转一圈，无声无息地，一会儿就过完了。所谓“看会”，实际上指的是看赛城隍。

我记得的赛城隍是在夏秋之交，阴历的七月半，正是大热的时候。不过好像也有在十月初出会的。

那真是万人空巷，倾城出观。到那天，凡城隍所经的要闹之处的店铺就都做好了准备：燃香烛，挂宫灯，在店堂前面和临街的柜台里面放好了长凳，有楼的则把楼窗全部打开，烧好了茶水，等着东家和熟主顾人家的眷属光临。这时正是各种瓜果下来的时候，牛角酥、奶奶哼（一种很“面”的香瓜）、红瓤西瓜、三白西瓜、鸭梨、槟子、海棠、石榴，都已上市，瓜香果味，飘满一街。各种卖吃食的都出动了，争奇斗胜，吟叫百端。到了八九点钟，看会的都来了。老太太、大小姐、小少爷。老太太手里拿着檀香佛珠，大小姐衣襟上挂着一串白兰花。佣人手里提着食盒，里面是兴化饼子、绿豆糕，各种精细点心。

远远听见鞭炮声、锣鼓声："来了，来了！"于是各自坐好，等着。

我们那里的赛会和鲁迅先生所描写的绍兴的赛会不尽相同。前面并无所谓"塘报"。打头的是"拜香的"。都是一些十六七岁的小伙子，光头净脸，头上系一条黑布带，前额缀一朵红绒球，青布衣衫，赤脚草鞋，手端一个红漆的小板凳，板凳一头钉着一个铁管，上插一支安息香。他们合着节拍，依次走着，每走十步，一齐回头，把板凳放到地上，算是一拜，随即转身再走。这都是为了父母生病到城隍庙许了愿的，"拜香"是还愿。后面是"挂香"的，则都是壮汉，用一个小铁勾勾进左右手臂的肉里，下系一个带链子的锡香炉，炉里烧着檀香。挂香多的可至香炉三对。这也是还愿的。后面就是各种玩艺了。

十番锣鼓音乐篷子。一个长方形的布篷，四面绣花篷檐，下缀走水流苏。四角支竹竿，有人撑着。里面是吹手，一律是笙箫细乐，边走边吹奏。锣鼓篷悉有五七篷，每隔一段玩艺有一篷。

茶担子。金漆木桶，桶口翻出，上置一圈细瓷茶杯，桶内和杯内都装了香茶。

花担子。鲜花装饰的担子。

挑茶担子、花担子的扁担都极软，一步一颤。脚步要匀，三进一退，各依节拍，不得错步。茶担子、花担子虽无很难的技巧，但几十副担子同时进退，整整齐齐，亦颇婀娜有致。

舞龙。

舞狮子。

跳大头和尚戏柳翠。[1]

跑旱船。

跑小车。

最清雅好看的是“站高肩”。下面一个高大结实的男人，挺胸调息，稳稳地走着，肩上站着一个孩子，也就是五六岁，都扮着戏，青蛇、白蛇、法海、许仙，关、张、赵、马、黄，李三娘、刘知远、咬脐郎、火公窦老……他们并无动作，只是在大人的肩上站着，但是衣饰鲜丽，孩子都长得清秀伶俐，惹人疼爱。“高肩”不是本城所有，是花了大钱从扬州请来的。

后面是高跷。

再后面是跳判的。判有两种，一种是“地判”，一文一武，手执朝笏，边走边跳。一种是“抬判”。两根杉篙，上面绑着一个特制的圈椅，由四个人抬着。圈椅上蹲着一个判官。下面有人举着一个扎在一根细长且薄的竹片上的红绸做的蝙蝠，逗着判官。竹片极软，有弹性，忽上忽下，判官就追着蝙蝠，做出各种带舞蹈性的动作。他有时会跳到椅背上，甚至能在上面打飞脚。抬判不像地判只是在地面做一些滑稽的动作，这是要会一点“轻功”的。有一年看会，发现跳抬判的竟是我的小学的一个同班同学，不禁哑然。

---

① 大头和尚戏翠柳，即唐宋杂戏里的《月明和尚戏柳翠》，演和尚的戴一个纸浆做成的很大的和尚脑袋，白色的脑袋，淡青的头皮，嘻嘻地笑着。我们那里已不知和尚法名月明，只是叫他“大头和尚”。

迎会的玩艺到此就结束了。这些玩艺的班子，到了一些大店铺的门前，店铺就放鞭炮欢迎，他们就会停下来表演一会，或绕两个圈子。店铺常有犒赏。南货店送几大包蜜枣，茶食店送糕饼，药店送凉药洋参，绸缎店给各班挂红，钱庄则干脆打出一钱板一钱板的铜元，俵散众人。

后面才真正是城隍老爷（叫城隍为“老爷”或“菩萨”都可以，随便的）自己的仪仗。

前面是开道锣。几十面大筛同时敲动。筛极大，得吊在一根杆子上，前面担在一个人的肩上，后面的人担着杆子的另一头，敲。大筛的节奏是非常单调的：哐（锣槌头一击）定定（槌柄两击筛面）哐定定哐，哐定定哐定定哐……如此反复，绝无变化。唯其单调，所以显得很庄严。

后面是虎头牌。长方形的木牌，白漆，上画虎头，黑漆扁宋体黑字，大书“肃静”“回避”“敕封灵应侯”“保国佑民”。

后面是伞，——万民伞。伞有多柄，都是各行同业公会所献，彩缎绣花，缂丝平金，各有特色。我们县里最讲究的几柄伞却是纸伞。硖石所出。白宣纸上扎出芥子大的细孔，利用细孔的虚实，衬出虫鱼花鸟。这几柄宣纸伞后来被城隍庙的道士偷出来拆开一扇一扇地卖了，我父亲曾收得几扇。我曾看过纸伞的残片，真是精细绝伦。

最后是城隍老爷的“大驾”。八抬大轿，抬轿的都是全城最好的轿夫。他们踏着细步，稳稳地走着。轿顶四面鹅黄色的流苏均匀地起伏摆动着。城隍老爷一张油白大脸，疏眉细眼，五绺长须，蟒袍玉带，手里捧着一柄很大的折扇，端端地坐在轿子里。这时，人们的脸上都严肃起来了，正如鲁迅先生所说：诚惶诚恐，不胜屏营待命之至。

城隍老爷要在行宫（也是一座庙里）待半天，到傍晚时才“回宫”。回宫时就只剩下少许人扛着仪仗执事，抬着轿子，飞跑着从街上走过，没有人看了。

且说高跷。

我见过几个地方的高跷，都不如我们那里的。我们那里的高跷，一是高，高至丈二。踩高跷的中途休息，都是坐在人家的房檐口。我们县的踩高跷的都是瓦匠，无一例外。瓦匠不怕高。二是能玩出许多花样。

高跷队前面有两个“开路”的，一个手执两个棒槌，不停地“郭郭，郭郭”地敲着。一个手执小铜锣，敲着“光光，光光”。他们的声音合在一起，就是“郭郭，光光；郭郭，光光。”我总觉得这“开路”的来源是颇久远的。老远地听见“郭郭，光光”，就知道高跷来了，人们就振奋起来。

高跷队打头的是渔、樵、耕、读。就中以渔公、渔婆最逗。他们要矮身蹲在高跷上横步跳来跳去做钓鱼撒网各种动作，重心很不好掌握。后面是几出戏文。戏文以《小上坟》最动人。小丑和旦角都要能踩“花梆子”碎步。这一出是带唱的。唱的腔调是柳枝腔。当中有一出“贾大老爷”。这贾大老爷不知是何许人，只是一个衙役在戏弄他，贾大老爷不时对着一个夜壶口喝酒。他的颟顸总是引得看的人大笑。垫底的是“火烧向大人”。三个角色：

一个铁公鸡，一个张嘉祥，一个向大人。向大人名荣，是清末的大将，以镇压太平天国有功，后死于任。看会的人是不管他究竟是谁的，也不论其是非功过，只是看扮演向大人的“演员”的功夫。那是很难的。向大人要在高跷上蹚马，在高跷上坐轿，——两只手抄在前面，“存”着身子，两只脚（两只跷）一蹽一蹽地走，有点像戏台上“走矮子”。他还要能在高跷上做“探海”、“射雁”这些在平地上也不好做的高难动作（这可真是“高难”，又高又难）。到了挨火烧的时候，还要左右躲闪，簸脑袋，甩胡须，连连转圈。到了这时，两旁店铺里的看会人就会炸雷也似的大声叫起“好”来。

擅长表演向大人的，只有陈四，别人都不如。

到了会期，陈四除了在县城表演一回，还要到三垛去赶一场。县城到三垛，四十五里。陈四不卸装，就登在高跷上沿着澄子河堤赶了去。他这一步有丈把远，赶到那里准不误事。三垛的会，不见陈四的影子，菩萨的大驾不起。

有一年，城里的会刚散，下了一阵雷暴雨，河堤上不好走，他一路赶去，差点没摔死。到了三垛，已经误了。

三垛的会首乔三太爷抽了陈四一个嘴巴，还罚他当众跪了一炷香。

陈四气得大病了一场。他发誓从此再也不踩高跷。

陈四还是当他的瓦匠。

到冬天，卖灯。

冬天没有什么瓦匠活，我们那里的瓦匠冬天大都以糊纸灯为副业，到了灯节前，摆摊售卖。陈四的灯摊就摆在保全堂廊檐下。

他糊的灯很精致。荷花灯、绣球灯、兔子灯。他糊的蛤蟆灯，绿背白腹，背上用白粉点出花点，四只爪子是活的，提在手里，来回划动，极其灵巧。我每年要买他一盏蛤蟆灯，接连买了好几年。

陈泥鳅

邻近几个县的人都说我们县的人是黑屁股。气得我的一个姓孙的同学，有一次当着很多人褪下了裤子让人看："你们看！黑吗？"我们当然都不是黑屁股。黑屁股指的是一种救生船。这种船专在大风大浪的湖水中救人、救船，因为船尾涂成黑色，所以叫做黑屁股。说的是船，不是人。

陈泥鳅就是这种救生船上的一个水手。

他水性极好，不愧是条泥鳅。运河有一段叫清水潭。因为民国十年、民国二十年都曾在这里决口，把河底淘成了一个大潭。据说这里的水深，三篙子都打不到底。行船到这里，不能撑篙，只能荡桨。水流也很急，水面上拧着一个一个漩涡。从来没有人敢在这里游水。陈泥鳅有一次和人打赌，一气游了个来回。当中有一截，他半天不露脑袋，半天半天，岸上的人以为他沉了底，想不到一会，他笑嘻嘻地爬上岸来了！

他在通湖桥下住。非遇风浪险恶时，救生船一般是不出动的。他看看天色，知道湖里不会出什么事，就待在家里。

他也好义，也好利。湖里大船出事，下水救人，这时是不能计较报酬的。有一次一只装豆子的船在琵琶闸炸了，炸得粉碎。事后知道，是因为船底有一道小缝漏水，水把豆子浸湿了，豆子吃了水，突然间一齐膨胀起来，“砰”的一声把船撑炸了——那力量是非常之大的。船碎了，人掉在水里。这时跳下水救人，能要钱么？民国二十年，运河决口，陈泥鳅在激浪里救起了很多人。被救起的都已经是家破人亡，一无所有了，陈泥鳅连人家的姓名都没有问，更谈不上要什么酬谢了。在活人身上，他不能讨价；在死人身上，他却是不少要钱的。

人淹死了，尸首找不着。事主家里一不愿等尸首泡胀漂上来，二不愿尸首被“四水捋子”[①]钩得稀烂八糟，这时就会来找陈泥鳅。陈泥鳅不但水性好，且在水中能开眼见物。他就在出事地点附近，察看水流风向，然后一个猛子扎下去，潜入水底，伸手摸触。几个猛子之后，他准能把一个死尸托上来。不过得事先讲明，捞上来给多少酒钱，他才下去。有时讨价还价，得磨半天。陈泥鳅不着急，人反正已经死了，让他在水底多待一会没事。

陈泥鳅一辈子没少挣钱，但是他不置产业，一个积蓄也没有。他花钱很散漫，有钱就喝酒尿了，赌钱输了。有的时候，也偷偷地周济一些孤寡老人，但嘱咐千万不要说出去。他也不娶老婆。有人劝他成个家，他说：“瓦罐不离井上破，大将难免阵头亡。淹死会水的。我见天跟水闹着玩，不定哪天龙王爷就把我请了去。留下孤儿寡妇，我死在阴间也不踏实。这样多好，吃饱了一家子

① 四水捋子，是一种在水中打捞东西的用具，四面有弯钩，状如一小铁锚，而钩尖极锐利。

不饥，无牵无挂！”

通湖桥桥洞里发现了一具女尸。怎么知道是女尸？她的长头发在洞口外飘动着。行人报了乡约，乡约报了保长，保长报到地方公益会。桥上桥下，围了一些人看。通湖桥是直通运河大闸的一道桥，运河的水由桥下流进澄子河。这座桥的桥洞很高，洞身也很长，但是很狭窄，只有人的肩膀那样宽。桥以西，桥以东，水面落差很大，水势很急，翻花卷浪，老远就听见訇訇的水声，像打雷一样。大家研究，这女尸一定是从大闸闸口冲下来的，不知怎么会卡在桥洞里了。不能就让她这么在桥洞里堵着。可是谁也想不出办法，谁也不敢下去。

去找陈泥鳅。

陈泥鳅来了，看了看。他知道桥洞里有一块石头，突出一个尖角（他小时候老在洞里钻来钻去，对洞里每一块石头都熟悉）。这女人大概是身上衣服在这个尖角上绊住了。这也是个巧劲儿，要不，这样猛的水流，早把她冲出来了。

“十块现大洋，我把她弄出来。”

“十块？”公益会的人吃了一惊，“你要得太多了！”

“是多了点。我有急用。这是玩命的事！我得从桥洞西口顺水窜进桥洞，一下子把她拨拉动了，就算成了。就这一下。一下子拨拉不动，我就会塞在桥洞里，再也出不来了！你们也都知道，桥洞只有肩膀宽，没法转身。水流这样急，退不出来。那我就只好陪着她了。”

大家都说：“十块就十块吧！这是砂锅捣蒜，一锤子！”

陈泥鳅把浑身衣服脱得光光的，道了一声“对不起了！”纵身入水，顺着水流，笔直地窜进了桥洞。大家都捏着一把汗。只听见欻地一声，女尸冲出来了。接着陈泥鳅从东面洞口凌空窜出了水面。大家伙发了一声喊：“好水性！”

陈泥鳅跳上岸来，穿了衣服，拿了十块钱，说了声“得罪得罪！”转身就走。

大家以为他又是进赌场、进酒店了。没有，他径直地走进陈五奶奶家里。

陈五奶奶守寡多年。她有个儿子，去年死了，儿媳妇改了嫁，留下一个孩子。陈五奶奶就守着小孙子过，日子很折皱[①]。这孩子得了急惊风，浑身滚烫，鼻翅扇动，四肢抽搐，陈五奶奶正急得两眼发直。陈泥鳅把十块钱交在她手里，说：“赶紧先到万全堂，磨一点羚羊角，给孩子喝了，再抱到王淡人那里看看！”

说着抱了孩子，拉了陈五奶奶就走。

陈五奶奶也不知哪里来的劲，跟着他一同走得飞快。

一九八三年八月一日急就

载一九八三年第九期《人民文学》

---

① 折皱，这是我的家乡话，意思是很困难，很不顺利。

【赏析】

中国古代笔记可从内容上分为“志人”“志怪”两种,《世说新语》《聊斋志异》分别是两者的代表。汪曾祺的小说志人为主，取法古代笔记尤其明显，其中最经典的首推《故里三陈》。

此篇从题目到组合形式，都与古代笔记相仿。志人笔记往往通过一二小事突显人物性格之“奇特”处。《世说新语·任诞》记王子猷乘兴夜访戴安道，及至却又折返，原因是:“吾本乘兴而行，兴尽而返，何必见戴!”[①]王子猷率性而为，不为物缚，由此可见。《故里三陈·陈小手》中的陈小手也是一个“奇人”。在旧时代,没有男人愿意学产科，陈小手却是村里仅有的男性产科医生，一奇也;“陈小手”之名来自他那双比女人还要小的手，这双手特别柔软细嫩，尤善于治难产，二奇也;陈小手还喂着一匹白马，每次出诊都骑着它，这在水乡是罕见的，三奇也。最后，他给团长太太接生，吃过酒拿过大洋，刚跨上马，就被团长一枪打了下来，不谓不奇，但最后这一笔却更多负载批判的意味，暴露政治的黑暗。结尾的安排超出了古代笔记的布局，新笔记小说毕竟有“新”的一面，如汪曾祺所说:“现代笔记小说当然是要接续古代笔记小说的传统的，但是不必着意模仿古人。既是现代笔记，总得有点‘现代’的东西。第一是思想，不能太旧;第二是文笔，不能有假古董气。”[②]

① 徐震堮:《世说新语校笺》下册，中华书局 1984 年版，第 408 页。

② 汪曾祺著，邓九平编:《汪曾祺全集》，第四卷，《早茶笔记（三则）· 解题》，第 331 页。

除了陈小手形象鲜明，团长同样呼之欲出，尤其是他在杀人后，如此安慰自己："我的女人，怎么能让他摸来摸去！她身上，除了我，任何男人都不许碰！这小子，太欺负人了！日他奶奶！"通过人物语言反映其性格，正是志人笔记所擅长者。《世说新语》记刘伶一则便是借其语"我以天地为栋宇，屋室为裈衣，诸君何为入我裈中。"来表现其洒脱不羁之个性。①

《故里三陈·陈泥鳅》与《故里三陈·陈小手》异曲同工，陈泥鳅之奇在于熟稔水性。小说通过打捞女尸一事渲染其异能：

> 陈泥鳅把浑身衣服脱得光光的，道了一声"对不起了！"纵身入水，顺着水流，笔直地窜进了桥洞。大家都捏着一把汗。只听见欻地一声，女尸冲出来了。接着陈泥鳅从东面洞口凌空窜出了水面。大家伙发了一声喊："好水性！"

不过，写到他把酬金送到陈五奶奶手上，着她带小孙子去看病一节，却非常温馨。表面上游手好闲的无业青年其实有一颗助人的热心。《故里三陈·陈四》更多沿用《大淖记事》那种大笔写风俗的手法，用了不少篇幅来描绘赛城隍的热闹景象，临到文末才讲到陈四，讲到他因不被谅解而决意不再踩高跷，因为有了前面淋漓尽致的描写，才能突显陈四作这个决定的傲气。这些书写高邮人事的短篇，虽然借鉴了笔记的体制，但思想内容还是贴近汪氏一贯的作风，彰显人性美。

---

① 徐震堮：《世说新语校笺》下册，中华文局1984年版，第392页。

八月骄阳

【题解】

老舍这个作家大家应该不会感到陌生，其名作《骆驼祥子》曾被编入中学教科书，大家对其文风多少有点儿印象，或许还读过话剧《茶馆》。老舍曾经是一位很有影响力的作家，但是“文化大革命”甫开始他便投河自尽。事情本身是叫人感到悲痛的，汪氏十多年后将这件事写成小说，又会怎样处理？

【文本】

张百顺年轻时拉过洋车，后来卖了多年烤白薯。德胜门豁口内外没有吃过张百顺的烤白薯的人不多。后来取缔了小商小贩，许多做小买卖的都改了行，张百顺托人谋了个事由儿，到太平湖公园来看门。一晃，十来年了。

太平湖公园应名儿也叫做公园，实在什么都没有。既没有亭台楼阁，也没有游船茶座，就是一片野水，好些大柳树。前湖有几张长椅子，后湖都是荒草。灰菜、马苋菜都长得很肥。牵牛花，野茉莉。飞着好些粉蝶儿，还有北京人叫做“老道”的黄蝴蝶。一到晚不晌，往后湖一走，都瘆得慌。平常是不大有人去的。孩子们来掏蛐蛐。遛鸟的爱来，给画眉抓点活食：油葫芦、蚂蚱，还有一种叫做“马蜥儿”的小四脚蛇。看门，看什么呢？这个公园不卖门票。谁来，啥时候来，都行。除非怕有人把柳树锯倒了扛回去。不过这种事还从来没有发生过。因此张百顺非常闲在。他没事时就到湖里捞点鱼虫、苲草，卖给养鱼的主。进项不大，但是够他抽关东烟的。“文化大革命”一起来，很多养鱼的都把鱼“处理”了，鱼虫、苲草没人买，他就到湖边摸点螺蛳，淘洗干净了，加点盐，搁两个大料瓣，煮咸螺蛳卖。

后湖边上住着两户打鱼的。他们这打鱼，真是三天打鱼，两天晒网，有一搭无一搭。打得的鱼随时就在湖边卖了。

每天到园子里来遛早的，都是熟人，他们进园子，都有准钟点。

来得最早的是刘宝利。他是个唱戏的。坐科学的是武生。因为个头矮点，扮相也欠英俊，缺少大将风度，来不了“当间儿的”。不过他会的多，给好几位名角打个“下串”，“傍”得挺严实。他粗通文字，爱抄本儿。他家里有两箱子本子，其中不少是已经失传了的。他还爱收藏剧照，有的很名贵。杨老板《青石山》的关平、尚和玉的《四平山》、路玉珊的《醉酒》、梅兰芳的《红线盗盒》、金少山的《李七长亭》、余叔岩的《盗宗卷》……有人出过高价，想买他的本子和剧照，他回绝了：“对不起，我留着殉葬。”剧团演开了革命现代戏，台上没有他的活儿，领导上动员他提前退休，——他还不到退休年龄。他一想：早退，晚退，早晚得退，退！退了休，他买了两只画眉，每天天一亮就到太平湖遛鸟。他戏瘾还挺大。把鸟笼子挂了，还拉拉山膀，起两个云手，踢踢腿，耗耗腿。有时还念念戏词。他老念的是《挑滑车》的《闹帐》：

“且慢！”

“高王爷为何阻令？”

“末将有一事不明，愿在元帅台前领教。”

“高王爷有话请讲，何言领教二字。”

“岳元帅！想俺高宠，既已将身许国，理当报效皇家。今逢大敌，满营将官，俱有差遣，单单把俺高宠，一字不提，是何理也？”

…………

“吓、吓、吓吓吓吓……岳元帅！大丈夫临阵交锋，不死而带伤，生而何欢，死而何惧！”

跟他差不多时候进园子遛弯的顾止庵曾经劝过他：

“爷们！您这戏词，可不要再念了哇！”

“怎么啦？”

“如今晚儿演了革命现代戏，您念老戏词——韵白！再说，您这不是借题发挥吗？‘满营将官，俱有差遣，单单把俺高宠，一字不提，是何理也？’这是什么意思？这不是说台上不用您，把您刷了吗？这要有人听出来，您这是‘对党不满’呀！这是什么时候啊，爷们！”

“这么一大早，不是没人听见吗！”

“隔墙有耳！——小心无大错。”

顾止庵，八十岁了。花白胡须，精神很好。他早年在豁口外设帐授徒，——教私塾。后来学生都改上学堂了，他的私塾停了，他就给人抄书，抄稿子。他的字写得不错，欧底赵面。抄书、抄稿子有点委屈了这笔字。后来找他抄书、抄稿子的也少了，他就在邮局门外树荫底下摆了一张小桌，代写家信。解放后，又添了一项业务：代写检讨。“老爷子，求您代写一份检讨。”——“写检讨？这检讨还能由别人代写呀？”——“劳您驾！我写不了。您写完了。我按个手印，一样！”——“什么事儿？”因为他的检讨写得清楚，也深刻，比较容易通过，来求的越来越多，业务挺兴旺。后来他的孩子都成家立业，混得不错，就跟老爷子说：“我们几个养活得起您。您一支笔挣了不少杂和面儿，该清闲几年了。”顾止庵于是搁了笔。每天就是遛遛弯儿，找几个年岁跟他相仿佛的老友一块堆儿坐坐、聊聊、下下棋。他爱瞧报，——站在阅报栏前一句一句地瞧。早晚听“匣子”。因此他知道的事多，成了豁口内外的“伏地圣人”①。

这天他进了太平湖，刘宝利已经练了一遍功，正把一条腿压

① 伏地，北京土话。本地生产的叫“伏地”，如“伏地小米”“伏地蒜苗”。

在树上耗着。

“老爷子今儿早！”

“宝利！今儿好像没听您念《闹帐》？”

“不能再念啦！”

“怎么啦？”

“待会儿跟您说。”

顾止庵向四边的树上看看：

“您的鸟呢？”

“放啦！”

“放啦？”

“您先慢慢往外溜达着。今儿我带着一包高末。百顺大哥那儿有开水，叶子已经闷上了。我耗耗腿。一会儿就来。咱们爷儿仨喝一壶，聊聊。”

顾止庵遛到门口，张百顺正在湖边淘洗螺蛳。

“顾先生！椅子上坐。茶正好出味儿了，来一碗。”

“来一碗！”

“顾先生！您说这“文化大革命”，它是怎么回子事？”

“您问我？——有人知道。”

“这红卫兵，又是怎么回子事。呼啦——全起来了。它也不用登记，不用批准，也没有个手续，自己个儿就拉起来了。我真没见过。一戴上红袖箍，就变人性。想怎么着就怎么着，想揪谁就揪谁。他们怎么有这么大的权？谁给他们的权？”

“头几天，八一八不是刚刚接见了吗？”

“当大官的，原来都是坐小汽车的主，都挺威风，一个一个全都头朝了下了。您说，他们心里是怎么想的？”

“他们怎么想，我哪儿知道。反正这心里不大那么好受。”

“还有个章程没有？我可是当了一辈子安善良民，从来奉公守法。这会儿，全乱了。我这眼面前就跟‘下黄土’似的，简直的，分不清东西南北了。”

“您多余操这份儿心。粮店还卖不卖棒子面？”

“卖！”

“还是的。有棒子面就行。咱们都不在单位，都这岁数了。咱们不会去揪谁，斗谁，红卫兵大概也斗不到咱们头上。过一天，算一日，这太平湖眼下不还挺太平不是？”

“那是！那是！”

刘宝利来了。

“宝利，您说要告诉我什么事？”

“昨儿，我可瞧了一场热闹！”

“什么热闹？”

“烧行头。我到交道口一个师哥家串门子，听说成贤街孔庙要烧行头——烧戏装。我跟师哥说：咱们瞜瞜去！嗬！堆成一座小山哪！大红官衣、青褶子，这没什么！‘帅盔’‘八面威’‘相貂’‘驸马套’……这也没有什么！大蟒大靠，苏绣平金，都是新的，太可惜了！点翠‘头面’，水钻‘头面’，这值多少钱哪！一把火，全烧啦！火苗儿蹿起老高。烧糊了的碎绸子片飞得哪儿哪儿都是。”

“唉！”

“火边上还围了一圈人，都是文艺界的头头脑脑。有跪着的，有撅着的。有的挂着牌子，有的脊背贴了一张大纸，写着字。都是满头大汗。您想想：这么热的天，又烤着大火，能不出汗吗？一群红卫兵，攥着宽皮带，挨着个抽他们。劈头盖脸！有的，一皮带下去，登时，脑袋就开了，血就下来了。——皮带上带着大铜头子哪！哎呀，我长这么大，没见过这么打人的。哪能这么打呢？您要我这么打，我还真不会！这帮孩子，从哪儿学来的呢？有的还是小妞儿。他们怎么能下得去这么狠的手呢？”

“唉！”

“回来，我一捉摸，把两箱子剧本、剧照，捆巴捆巴，借了一辆平板三轮，我就都送到街道办事处去了。他们爱怎么处理怎么处理，我不能自己烧。留着，招事！”

“唉！”

“那两只画眉：‘口’多全！今儿一早起来，我也放了。——开笼放鸟！‘提笼架鸟’，这也是个事儿！”

“唉！”

这工夫，园门口进来一个人。六十七八岁，戴着眼镜，一身干干净净的藏青制服，礼服呢千层底布鞋，拄着一根角把棕竹手杖，一看是个有身份的人。这人见了顾止庵，略略点了点头，往后面走去了。这人眼神有点直勾勾的，脸上气色也不大好。不过这年头，两眼发直的人多的是。这人走到靠近后湖的一张长椅旁边，坐下来，望着湖水。

顾止庵说：“茶也喝透了，咱们也该散了。”

张百顺说："我把这点螺蛳送回去，叫他们煮煮。回见！"

"回见！"

"回见！"

张百顺把螺蛳送回家。回来，那个人还在长椅上坐着，望着湖水。

柳树上知了叫得非常欢势。天越热，它们叫得越欢。赛着叫。整个太平湖全归了它们了。

张百顺回家吃了中午饭。回来，那个人还在椅子上坐着，望着湖水。

粉蝶儿、黄蝴蝶乱飞。忽上，忽下。忽起，忽落。黄蝴蝶，白蝴蝶。白蝴蝶，黄蝴蝶……

天黑了。张百顺要回家了，那人还在椅子上坐着，望着湖水。

蛐蛐、油葫芦叫成一片。还有金铃子。野茉莉散发着一阵一阵的清香。一条大鱼跃出了水面，欻的一声，又没到水里。星星出来了。

第二天天一亮，刘宝利到太平湖练功。走到后湖：湖里一团黑乎乎的，什么？哟，是个人！这是他的后脑勺！有人投湖啦！

刘宝利叫了两个打鱼的人，把尸首捞了上来，放在湖边草地上。这工夫，顾止庵也来了。张百顺也赶了过来。

顾止庵对打鱼的说："您二位到派出所报案。我们仨在这儿看着。"

“您受累！”

顾止庵四下里看看，说：

“这人想死的心是下铁了的。要不，怎么找到这么个荒凉偏僻的地方来呢？他投湖的时候，神智很清醒，不是迷迷糊糊一头扎下去的。你们看，他的上衣还整整齐齐地搭在椅背上，手杖也好好地靠在一边。咱们掏掏他的兜儿，看看有什么，好知道死者是谁呀。”

顾止庵从死者的上衣兜里掏出一个工作证，是北京市文联发的：

姓名：舒舍予

职务：主席

顾止庵看看工作证上的相片，又看看死者的脸，拍了拍工作证：

“这人，我认得！”

“您认得？”

“怪不得昨儿他进园子的时候，好像跟我招呼了一下。他原先叫舒庆春。这话有小五十年了！那会儿我教私塾，他是劝学员，正管着德胜门这一片的私塾。他住在华严寺。我还上他那儿聊过几次。人挺好，有学问！他对德胜门这一带挺熟，知道太平湖这么个地方！您怎么会走南闯北，又转回来啦？这可真是：树高千丈，叶落归根哪！”

“您等等！他到底是谁呀？”

“他后来出了大名，是个作家，他，就是老舍呀！”

张百顺问："老舍是谁？"

刘宝利说："老舍您都不知道？瞧过《骆驼祥子》没有？"

"匣子里听过。好！是写拉洋车的。祥子，我认识。——'骆驼祥子'嘛！"

"您认识？不能吧！这是把好些拉洋车的搁一块堆儿，抟巴抟巴，捏出来的。"

"唔！不对！祥子，拉车的谁不知道！他和虎妞结婚，我还随了份子。"

"您八成是做梦了吧？"

"做梦？——许是。岁数大了，真事、梦景，常往一块掺和。——他还写过什么？"

"《龙须沟》哇！"

"《龙须沟》瞧过，瞧过！电影！程疯子、娘子、二妞……这不是金鱼池，这就是咱这德胜门豁口！太真了！太真了，就叫人掉泪。"

"您还没瞧过《茶馆》哪！太棒了！王利发！'硬硬朗朗的，我硬硬朗朗的干什么？'我心里这酸呀！"

"合着这位老舍他净写卖力气的、耍手艺的、做小买卖的。苦哈哈、穷命人？"

"那没错！"

"那他是个好人！"

"没错！"

刘宝利说："这么个人，我看他本心是想说共产党好啊！"

"没错！"

刘宝利看着死者：

“我认出来啦！在孔庙挨打的，就有他！您瞧，脑袋上还有伤，身上净是血嘎巴！——我真不明白。这么个人，旧社会能容得他，怎么咱这新社会倒容不得他呢？”

顾止庵说：“‘我本将心托明月，谁知明月照沟渠’，这大概就是他想不通的地方。”

张百顺撅了两根柳条，在老舍的脸上摇晃着，怕有苍蝇。

“他从昨儿早起就坐在这张椅子上，心里来回来去，不知道想了多少事哪！”

“‘千古艰难唯一死’呀！”

张百顺问：“这市文联主席够个什么爵位？”

“要在前清，这相当个翰林院大学士。”

“那干吗要走了这条路呢？忍过一阵肚子疼！这秋老虎虽毒，它不也有凉快的时候不？”

顾止庵环顾左右，沉沉地叹了一口气：“‘士可杀，而不可辱’啊！”

刘宝利说：“我去找张席，给他盖上点儿！”

一九八六年六月二十二日　二稿

载一九八六年第九期《人民文学》

【赏析】

老舍，原名舒庆春，一八九九年生，满洲正红旗人。二十年代中期开始文学创作，属于比鲁迅晚一代，又比汪曾祺早一代的作家。老舍善于刻画市井小民，对北京生活面貌的描绘尤其深刻，故其小说被喻为“京味小说”。同时,老舍可以说是一位“政治正确”的“现实主义”作家，其创作一直以低下阶层人民生活为题；抗日战争时期写了以团结抗日为题的长篇小说《四世同堂》；新中国成立后又写了不少歌颂新中国的作品，其中以话剧《龙须沟》最为人熟悉。可是，“文化大革命”展开后，他亦卷入其中。一九六六年八月二十三日，老舍到北京市文联参加检讨大会，成了批斗的对象，受尽羞辱，翌日便自沉于太平湖。

可能基于政治的原因，当时国内没有人就此发表任何议论。首位撰写文章纪念老舍之死的是日本作家水上勉，他在老舍死后翌年写了《蟋蟀葫芦》，表达对老舍的怀念之情。“文化大革命”结束后，文坛才涌现反思、悼念的文章。一九七九年底，巴金在香港《大公报》发表《随想录》，激动地谈到老舍之死。汪曾祺与老舍曾经在北京市文联共事，虽然一个是领导，一个是青年作家，但二人皆爱好民俗文学与戏曲，所以有一定交情。汪曾祺在一九八四年也写了一篇悼念老舍的文章，从老舍那诗意盎然的小院写起，再写其爱花、爱茶、爱画（尤爱齐白石），热情好客，提拔晚辈，尊重各种文化事业。[①]

《八月骄阳》则是一篇以老舍之死为题的小说创作，此篇的妙处

---

① 汪曾祺著，邓九平编：《汪曾祺全集》，第三卷，《老舍先生》，第 343 — 347 页。

在于化用老舍的笔腔来写老舍。老舍是“京味”作家，擅写市井小民，故其死必由北京小市民来发现。小说安排了三位小市民来见证这场悲剧，他们是张百顺、刘宝利、顾止庵。通过他们的眼睛、对话，我们了解到当时社会的荒谬，以及“运动”对作家的影响。从艺术角度来看，此篇的成功之处在于采用侧面描写的手法，避免作家的主观评价，同时产生距离感，令事件呈现得更客观全面。

这三个人物的设置是饶有深意的。小说从张百顺来展开，张百顺是什么人？小说首句就说“张百顺年轻时拉过洋车”，车夫的身份自然叫人想起《骆驼祥子》。不过，张百顺早不拉车了，现在是太平湖公园的看门，也就是老舍死前的最后见证人。老舍与戏曲渊源甚深，作家安排最早来公园遛早的是唱戏的刘宝利。虽然被迫退了休，戏瘾还是很大，每次来公园遛早总要念几句《挑滑车》的《闹帐》，这几句台词影射的正是老舍的遭遇。最后一位来太平湖公园遛早的是顾止庵，一个八十岁的老人，先是教私塾，后来给人抄书、抄稿子、代写家信，再后来代写检讨，其遭遇正正反映了时代的变迁。

老舍的死是通过这三个人来展开的。张百顺两次回家，折回公园，都看见“那个人还在长椅上坐着，望着湖水”，虽然没有直接刻画老舍，但是重复的结构，穿插不同的景物描写，使读者感觉到老舍的绝望、哀痛。刘宝利目睹成贤街孔庙烧行头，以及批斗老舍等人的场面，作家通过他的描述来反映事件的荒谬、无理、残忍，以及老舍自杀前受过的污辱。顾止庵是三人中最有文化的，他交代了老舍何许人，有什么代表作，并在文末道出其志：“我本将心托明月，谁知明月照沟渠”，“士可杀，而不可辱”。

瑞云——聊斋新义

【题解】

汪曾祺于一九八七年中开始改写《聊斋志异》，八月完成《瑞云》。同年九月，应邀赴美参加爱荷华大学举办的“国际写作计划”，其间写成《黄英》《蛐蛐》《石清虚》。他在家书中谈到写作的情况和目的：“我改编《聊斋》，是试验性的。这四篇是我考虑得比较成熟的，有我的看法。”还说：“我觉得改写《聊斋》是一件很有意义的工作，这给中国当代创作开辟了一个天地。”[①]其后几年，又陆陆续续改写了好几篇，辑为《聊斋新义》，共十三篇。这篇《瑞云》是其中代表作，改写得尤其成功。

① 汪曾祺著，邓九平编：《汪曾祺全集》，第八卷，《美国家书 · 十》，第121页。

【文本】

瑞云越长越好看了。初一十五，她到灵隐寺烧香，总有一些人盯着她傻看。她长得很白，姑娘媳妇偷偷向她的跟妈打听：“她搽的是什么粉？”——“她不搽粉，天生的白嫩。”平常日子，街坊邻居也不大容易见到她，只听见她在小楼上跟师傅学吹箫，拍曲子，念诗。

瑞云过了十四，进十五了，按照院里的规矩，该接客了。养母蔡妈妈上楼来找瑞云。

“姑娘，你大了。是花，都得开。该找一个人梳拢了。”

瑞云在行院中长大，哪有不明白的。她脸上微红了一阵，倒没有怎么太扭捏，爽爽快快地说：

“妈妈说的是。但求妈妈依我一件：钱，由妈妈定；人，要由我自己选。”

“你要选一个什么样的？”

“要一个有情的。”

“有钱的、有势的，好找。有情的，没有。”

“这是我一辈子头一回。哪怕只跟这个人过一夜，也就心满意足了。以后，就顾不了许多了。”

蔡妈妈看看这棵摇钱树，寻思了一会，说：

“好，钱由我定，人由你选，不过得有个期限：一年，一年之内，由你，过了一年，由我！今天是三月十四。”

于是瑞云开门见客。

蔡妈妈定例，上楼小坐，十五两，见面贽礼不限。

王孙公子、达官贵人、富商巨贾，纷纷登门求见。瑞云一一接待。贽礼厚的，陪着下一局棋，或当场画一个小条幅、一把扇面。贽礼薄的，敬一杯香茶而已。这些狎客对瑞云各有品评。有的说是清水芙蓉，有的说是未放梨蕊，有的说是一块羊脂玉，一传十，十传百，瑞云身价渐高，成了杭州红极一时的名妓。

余杭贺生，素负才名，家道中落，二十未娶，偶然到西湖闲步，见一画舫，飘然而来。中有美人，低头吹箫。岸上游人，纷纷指点："瑞云！瑞云！"贺生不觉注目，画舫已经远去，贺生还在痴立。回到寓所，茶饭无心，想了一夜，备了一份薄薄的贽礼，往瑞云院中求见。

原来以为瑞云阅人已多，一定不把他这寒酸当一回事，不想一见之后，瑞云款待得很殷勤，亲自涤器烹茶。问长问短。问余杭有什么山水，问他家里都有什么人，问他二十岁了为什么还不娶妻……语声柔细，眉目含情。有时默坐，若有所思。贺生觉得坐得太久了，应该知趣，起身将欲告辞。瑞云拉住他的手，说："我送你一首诗。"诗曰：

何事求浆者，
蓝桥叩晓关。
有心寻玉杵，
端只在人间。

贺生得诗狂喜，还想再说点什么，小丫头来报："客到！"贺生只好仓促别去。

贺生回寓，把诗展读了无数遍，才夹到一本书里，过一会，又抽出来看看。瑞云分明属意于我，可是玉杵向哪里去寻?

过一二日，实在忍不住，备了一份贽礼，又去看瑞云。听见他的声音，瑞云揭开门帘，把他让进去，说：

“我以为你不来了。”

“想不来，还是来了！”

瑞云很高兴。虽然只见了两面，已经好像很熟了。山南海北，琴棋书画，无所不谈。瑞云从来没有和人说过那么多的话，贺生也很少说话说得这样聪明，不知不觉，炉内香灰堆积，帘外落花渐多。瑞云把座位移近贺生，悄悄地说：

“你能不能想一点办法，在我这里住一夜？”

贺生说：“看你两回，于愿已足。肌肤之亲，何敢梦想！”

他知道瑞云和蔡妈妈有成约：人由自选，价由母定。

瑞云说：“娶我，我知道你没这个能力。我只是想把女儿身子交给你。以后你再也不来了，山南海北，我老想着你，这也不行么？”

贺生摇头。

两个再没有话了，眼对眼看着。

楼下蔡妈妈大声喊：

“瑞云！”

瑞云站起来，执着贺生的两只手，一双眼泪滴在贺生手背上。

贺生回去，辗转反侧。想要回去变卖家产，以博一宵之欢；又想到更尽分别，各自东西，两下牵挂，更何以堪。想到这里，热念都消。咬咬牙，再不到瑞云院里去。

蔡妈妈催着瑞云择婿。接连几个月，没有中意的。眼看花朝已过，离三月十四没有几天了。

这天，来了一个秀才，坐了一会，站起身来，用一个指头在瑞云额头上按了一按，说："可惜，可惜！"说完就走了。瑞云送客回来，发现额头有一个黑黑的指印。越洗越真。

而且这块黑斑逐渐扩大，几天的工夫，左眼的上下眼皮都黑了。

瑞云不能再见客，蔡妈妈拔了她的簪环首饰，剥了上下衣裙，把她推下楼来，和老妈子丫头一块干粗活。瑞云娇养惯了，身子又弱，怎么受得了这个！

贺生听说瑞云遭了奇祸，特地去看看。瑞云蓬着头，正在院里拔草。贺生远远喊了一声："瑞云！"瑞云听出是贺生的声音，急忙躲到一边，脸对着墙壁。贺生连喊了几声，瑞云就是不回头。贺生一头去找到蔡妈妈，说是愿意把瑞云赎出来。瑞云已经是这样，蔡妈妈没有多要身价银子。贺生回余杭，变卖了几亩田产，向蔡妈妈交付了身价，一乘花轿把瑞云抬走了。

到了余杭，拜堂成礼。入了洞房后，瑞云乘贺生关房门的工夫，自己揭了盖头，一口气，噗，噗，把两枝花烛吹灭了。贺生知道瑞云的心思，并不嗔怪。轻轻走拢，挨着瑞云在床沿坐下。

瑞云问："你为什么娶我？"

"以前，我想娶你，不能。现在能把你娶回来了，不好么？"

"我脸上有一块黑。"

"我知道。"

“难看么？”

“难看。”

“你说了实话。”

“看看就会看惯的。”

“你是可怜我么？”

“我疼你。”

“伸开你的手。”

瑞云把手放在贺生的手里。贺生想起那天在院里瑞云和他执手相看，就轻轻抚摸瑞云的手。

瑞云说：“你说的是真话。”接着叹了一口气，“我已经不是我了。”

贺生轻轻咬了一下瑞云的手指：“你还是你。”

“总不那么齐全了！”

“你不是说过，愿意把身子给我吗？”

“你现在还要吗？”

“要！”

两口儿日子过得很甜。不过瑞云每晚临睡，总把所有灯烛吹灭了。好在贺生已经逐渐对她的全身读得很熟，没灯胜似有灯。

花开花落，春去秋来。一窗细雨，半床明月。少年夫妻，如鱼如水。

贺生真的对瑞云脸上那块黑看惯了。他不觉得有什么难看。似乎瑞云脸上本来就有，应该有。

瑞云还是一直觉得歉然。她有时晨妆照镜，会回头对贺生说：

“我对不起你！”

“不许说这样的话！”

贺生因事到苏州，在虎丘吃茶。隔座是一个秀才，自称姓和，彼此攀谈起来。秀才听出贺生是浙江口音，便问：

“你们杭州，有个名妓瑞云，她现在怎么样了？”

“已经嫁人了。”

“嫁了一个什么样的人？”

“一个和我差不多的人。”

“真能类似阁下，可谓得人！——不过，会有人娶她么？”

“为什么没有？”

“她脸上——”

“有一块黑，是一个什么人用指头在她额头一按，留下的。这个人真不知道安的是什么心肠！——你怎么知道的？”

“实不相瞒，你说的这个人，就是在下。”

“你为什么要做这件事？”

“昔在杭州，也曾一觐芳仪，甚惜其以绝世之姿而流落不偶，故以小术晦其光而保其璞，留待一个有情人。”

“你能点上，也能去掉么？”

“怎么不能？”

“我也不瞒你，娶瑞云的，便是小生。”

“好！你别具一双眼睛，能超出世俗媸妍，是个有情人！我这就同你到余杭，还君一个十全的佳妇。”

到了余杭，秀才叫贺生用铜盆打一盆水，伸出中指，在水面写写画画，说：“洗一洗就会好的。好了，须亲自出来一谢医人。”

贺生笑说："那当然！"贺生捧盆入内室，瑞云掬水洗面，面上黑斑随手消失，晶莹洁白，一如当年。瑞云照照镜子，不敢相信，反复照视，大叫一声："这是我！这是我！"

夫妻二人，出来道谢，一看，秀才没有了。

这天晚上，瑞云高烧红烛，剔亮银灯。

贺生不像瑞云一样欢喜，明晃晃的灯烛，粉扑扑的嫩脸，他觉得不惯，他若有所失。

瑞云觉得他的爱抚不像平日那样温存，那样真挚，她坐起来，轻轻地问：

"你怎么了？"

一九八七年八月一日北京

载一九八八年第三期《人民文学》

【赏析】

若想读出汪氏"聊斋新义"的趣味，建议大家兼看蒲松龄原作。此篇改写自《聊斋志异·瑞云》，故事情节大致不变，汪曾祺的"改写"包括去掉拖拉的情节，淡化传奇色彩，就一二生活细节加以渲染，以及加插平白如话的人物对话。这些手段无异令《聊斋志异》人间化了，某些生活细节的铺展，更令人联想到《浮生六记》。

此篇的改写目的在于突出瑞云与贺生的爱情，令其变得更实在、更感人。瑞云天生丽质，无奈沦落风尘，和生为保其璞，在她脸上变出一块黑斑。原著把长出黑斑的瑞云写得很丑恶，并形容为“丑状类鬼”。[1]汪曾祺对此不满，以为“瑞云之美，美在性情，美在质量，美在神韵，不仅仅在于肌肤。脸上有一块黑，不是损其全体”。[2]因此，改作轻描淡写瑞云被施法术后的丑貌。

及后，改写贺生迎娶瑞云一节，尤能反映汪、蒲二人不同的艺术取向。原著载：“贺货田倾装，买之而归。入门，牵衣揽涕，且不敢以伉俪自居，愿备妾媵，以俟来者。贺曰：‘人生所重者知己：卿盛时犹能知我，我岂以衰故忘卿哉！’遂不复娶。”[3]这里的瑞云过于卑躬屈膝，而贺生所言又充满道德判断，与《受戒》《大淖记事》中的男女之情相去甚远。汪曾祺删去瑞云自卑的一面，凭想象添加一段洞房内的絮絮细语：

> 瑞云问：“你为什么娶我？”
> “以前，我想娶你，不能。现在能把你娶回来了，不好么？”
> “我脸上有一块黑。”
> “我知道。”
> “难看么？”
> “难看。”

---

① 蒲松龄著，朱其铠主编：《全本新注聊斋志异》下册，《瑞云》，人民文学出版社1989年版，第1378页。

② 汪曾祺著，邓九平编：《汪曾祺全集》，第四卷，《〈聊斋新义〉后记》，第238页。

③ 蒲松龄著，朱其铠主编：《全本新注聊斋志异》下册，《瑞云》，人民文学出版社1989年版，第1378页。

“你说了实话。”

“看看就会看惯的。”

“你是可怜我么？”

“我疼你。”

“伸开你的手。”

瑞云把手放在贺生的手里。贺生想起那天在院里瑞云和他执手相看，就轻轻抚摸瑞云的手。

瑞云说：“你说的是真话。”接着叹了一口气，“我已经不是我了。”

贺生轻轻咬了一下瑞云的手指：“你还是你。”

“总不那么齐全了！”

“你不是说过，愿意把身子给我吗？”

“你现在还要吗？”

“要！”

如此浅白情深的对话，正是汪曾祺小说的特点。贺生、瑞云二人情意绵绵的一幕，不禁让我们想起《大淖记事》结尾巧云与十一子的对话，而贺生那个“要”与《受戒》结尾明子那个“要”又何其相似！如此改写深化了爱情的主题。

此外，汪曾祺认为真正的爱情是互相包容的，故以为“和生的多事不在在瑞云额上点了一指，而在使其面光洁”。[1]因此，他在原来的

---

① 汪曾祺著，邓九平编：《汪曾祺全集》，第四卷，《〈聊斋新义〉后记》，第238页。

结局后面加上以下一段：

这天晚上，瑞云高烧红烛，剔亮银灯。

贺生不像瑞云一样欢喜，明晃晃的灯烛，粉扑扑的嫩脸，他觉得不惯，他若有所失。

瑞云觉得他的爱抚不像平日那样温存，那样真挚，她坐起来，轻轻地问：

“你怎么了？”

这个结局比原著的大团圆结局更有深度，更耐人寻味。本来，贺生爱的就不单单是瑞云的美貌，而是她整个人，那块黑斑早成了他眼中的瑞云的一部分。况且，没有那块黑斑，贺生根本高攀不起，娶不了瑞云。如今黑斑消失，面对如花美人，贺生怎会不怅然若失？汪氏改写之妙由此可见！

蛐蛐——聊斋新义

【题解】

《蛐蛐》改编自《聊斋志异·促织》。《促织》是《聊斋志异》的名篇，无论是主题思想还是艺术成就均达到很高的水平。改写如此一篇脍炙人口的作品并非易事，汪曾祺在保留原著精彩内容的前提下，注入自己独到的思想与语言，使此一名篇在当代语境下变得亲切易读，其悲剧性的结局亦令作品更深刻难忘。

【文本】

宣德年间，宫里兴起了斗蛐蛐。蛐蛐都是从民间征来的。这玩意陕西本不出。有那么一位华阴县令，想拍拍上官的马屁，进了一只。试斗了一次，不错，贡到宫里。打这儿起，传下旨意，责令华阴县每年往宫里送，县令把这项差事交给里正。里正哪里去弄到蛐蛐？只有花钱买。地方上有一些不务正业的混混，弄到好蛐蛐，养在金丝笼里，价钱抬得很高。有的里正，和衙役勾结在一起，借了这个名目，挨家挨户，按人口摊派。上面要一只蛐蛐，常常害得几户人家倾家荡产。蛐蛐难找，里正难当。

有个叫成名的，是个童生，多年也没有考上秀才，为人很迂，不会讲话。衙役瞧他老实，就把他报充了里正。成名托人情，送蒲包，磕头，作揖，不得脱身。县里接送往来官员，办酒席，敛程仪，要民夫，要马草，都朝里正说话。不到一年的工夫，成名的几亩薄产都赔进去了。一出暑伏，按每年惯例，该征蛐蛐了，成名不敢挨户摊派，自己又实在变卖不出这笔钱。每天烦闷忧愁，唉声叹气，跟老伴说：“我想死的心都有了。”老伴说：“死，管用吗？买不起，自己捉！说不定能把这项差事应付过去。”成名说：“是个办法。”于是提了竹筒，拿着蛐蛐罩，破墙根底下，烂砖头堆里，草丛里，石头缝里，到处翻，找。清早出门，半夜回家。鞋磨破了，肐膝盖磨穿了，手上，脸上，叫葛针拉出好些血道道，无济于事。即使捕得三两只，又小又弱，不够分量，不上品。县令限期追比，交不上蛐蛐，二十板子。十多天下来，成名挨了百十板，两条腿脓血淋漓，没有一块好肉了，走都不能走，哪能再捉蛐蛐呢？躺在床上，翻来覆去，除了自尽，别无他法。

迷迷糊糊做了一个梦，梦见一座庙，庙后小山下怪石乱卧，荆棘丛生，有一只“青麻头”伏着。旁边有一只癞蛤蟆，将蹦未蹦。醒来想想：这是什么地方？猛然省悟：这不是村东头的大佛阁么？他小时候逃学，曾到那一带玩过。这梦有准么？那里真会有一只好蛐蛐？管它的！去碰碰运气，于是挣扎起来，拄着拐杖，往村东去。到了大佛阁后，一带都是古坟，顺着古坟走，蹲着伏着一块一块怪石，就跟梦里所见的一样，是这儿？——像！于是在蒿莱草莽之间，轻手轻脚，侧耳细听，凝神细看，听力目力都用尽了，然而听不到蛐蛐叫，看不见蛐蛐的影子，忽然，蹦出一只癞蛤蟆。成名一愣，赶紧追！癞蛤蟆钻进了草丛，顺着方向，拨开草丛：一只蛐蛐在荆棘根旁伏着。快扑！蛐蛐跳进了石穴，用尖草撩它，不出来，用随身带着的竹筒里的水灌，这才出来。好模样！蛐蛐蹦，成名追。罩住了！细看看：个头大，尾巴长，青脖子，金翅膀。大叫一声："这可好了！"一阵欢喜，腿上棒伤也似轻松了一些。提着蛐蛐笼，快步回家。举家庆贺，老伴破例给成名打了二两酒，家里有蛐蛐罐，垫上点过了箩的细土，把宝贝养在里面。蛐蛐爱吃什么？栗子、菱角、螃蟹肉。买！净等着到了期限，好见官交差。这可好了：不会再挨板子，剩下的房产田地也能保住了。蛐蛐在罐里叫哩，嚁嚁嚁嚁……

成名有个儿子，小名叫黑子，九岁了，非常淘气，上树掏鸟窝蛋，下河捉水蛇，飞砖打恶狗，爱捅马蜂窝。性子倔，爱打架。比他大几岁的孩子也都怕他，因为他打起架来拼命，拳打脚踢带牙咬。三天两头，有街坊邻居来告"妈妈状"。成名夫妻，就这么一个儿子，只能老给街坊们赔不是，不忍心重棒打他，成名得了这只救命蛐蛐，再三告诫黑子："不许揭开蛐蛐罐，不许看，千万！千万！"

不说还好，说了，黑子还非看看不可，他瞅着父亲不在家，偷偷揭开蛐蛐罐。腾！——蛐蛐蹦出罐外，黑子伸手一扑，用力过猛，蛐蛐大腿折了，肚子破了——死了，黑子知道闯了大祸，哭着告诉妈妈。妈妈一听，脸色煞白："你个孽障！你甭想活了，你爹回来，看他怎么跟你算账！"黑子哭着走了。成名回来，老伴把事情一说，成名掉在冰窟窿里了。半天，说："他在哪儿？"找。到处找遍了，没有。做妈的忽然心里一震：莫非是跳了井了？扶着井栏一看，有个孩子，请街坊帮忙，把黑子捞上来，已经死了，这时候顾不上生气，只觉得悲痛。夫妻二人，傻了一样。傻坐着，你看看我，我看看你，找不到一句话。这天他们家烟筒没冒烟，哪里还有心思吃饭呢，天黑了，把儿子抱起来，准备用一张草席卷卷埋了。摸摸胸口，还有点温和；探探鼻子，还有气。先放到床上再说吧。半夜里，黑子醒过来了，睁开了眼。夫妻二人稍得安慰，只是眼神发呆睁眼片刻，又合上眼，昏昏沉沉地睡了。

蛐蛐死了，儿子这样，成名瞪着眼睛到天亮。

天亮了，忽然听到门外蛐蛐叫，成名跳起来，远远一看，是一只蛐蛐。心里高兴，捉它！蛐蛐叫了一声：嚯，跳走了，跳得很快。追。用手掌一捂，好像什么也没有，空的。手才举起，又分明在，跳得老远。急忙追，折过墙角，不见了。四面看看，蛐蛐伏在墙上。细一看，个头不大，黑红黑红的。成名看它小，瞧不上眼，墙上的小蛐蛐，忽然落在他的袖口上。看看：小虽小，形状特别，像一只土狗子，梅花翅，方脑袋，好像不赖。将就着吧。右手轻轻捏住蛐蛐，放在左手掌里，两手相合，带回家里，心想拿它交差，又怕县令看不中，心里没底，就想试着斗一斗，看看行不行。村里有个小伙子，是个玩家，走狗斗鸡，提笼架鸟，样样在行。他养着一只蛐蛐，自名“蟹壳青”，每天找一些少年子弟斗，百战百胜。他把这只“蟹壳青”居为奇货，索价很高，也没人买得起，有人传出来，说成名得了一只蛐蛐，这小伙子就到成家拜访，要看看蛐蛐。一看，捂着嘴笑了：这也叫蛐蛐！于是打开自己的蛐蛐罐，把蛐蛐赶进“过笼”里，放进斗盆。成名一看，这只蛐蛐大得像一只油葫芦，就含糊了，不敢把自己的拿出来。小伙子存心看个笑话，再三说：“玩玩嘛，咱又不赌输赢。”成名一想，反正养这么只孬玩意也没啥用，逗个乐！于是把黑蛐蛐也放进斗盆。小蛐蛐趴着不动，蔫哩巴唧，小伙子又大笑。使猪鬃撩拨它的须须，还是不动。小伙子又大笑。撩它，再撩它！黑蛐蛐忽然暴怒，后腿一挺，直窜过来。俩蛐蛐这就斗开了，冲、撞、腾、击，劈里卜碌直响。忽见小蛐蛐跳起来，伸开须须，翘起尾巴，张开大牙，一下子钳住大蛐蛐的脖子。大蛐蛐脖子破了，直流水。小伙子赶紧把自己的蛐蛐装进过笼，说：“这小家伙真玩命呀！”小蛐蛐摆动着须须，“嚁嚁，嚁嚁”，扬扬得意。成名也没想到。他和小伙子正在端详这只黑红黑红的小蛐蛐，他们家的一只大公鸡斜着眼睛过来，上去就是一嘴。成名大叫了一声：“啊呀！”幸好，公鸡没啄着，蛐蛐蹦出了一尺多远。公鸡一啄不中，撒腿紧追。眨眼之间，蛐蛐已经在鸡爪子底下了。成名急得不知怎么好，只是跺脚，再一看，公鸡伸长了脖子乱甩。唔？走近了一看，只见蛐蛐叮在鸡冠上，死死咬住不放，公鸡羽毛扎撒，双脚挣蹦。成名惊喜，把蛐蛐捏起来，放进笼里。

第二天，上堂交差。县太爷一看：这么个小东西，大怒：“这，你不是糊弄我吗！”成名细说这只蛐蛐怎么怎么好，县令不信，叫衙役弄几只蛐蛐来试试。果然，都不是对手。又叫抱一只公鸡来，一斗，公鸡也败了。县令吩咐，专人送到巡抚衙门。巡抚大为高兴，打了一只金笼子，又命师爷连夜写了一通奏折，详详细细表叙了蛐蛐的能耐，把蛐蛐献进宫中。宫里有名有姓的蛐蛐多了，都是各省进贡来的。什么“蝴蝶”“螳螂”“油利挞”“青丝额”……黑蛐蛐跟这些“名将”斗了一圈，没有一只，能经得三个回合，全都不死带伤望风而逃。皇上龙颜大悦，下御诏，赐给巡抚名马衣缎。巡抚饮水思源，到了考核的时候，给华阴县评了一个“卓异”，就是说该县令的政绩非比寻常。县令也是个有良心的，想起他的前程都是打成名那儿来的，于是免了成名里正的差役；又嘱咐县学的教谕，让成名进了学，成了秀才，有了功名，不再是童生了；还赏了成名几十两银子，让他把赔累进去的薄产赎回来。成名夫妻，说不尽的欢喜。

只是他们的儿子一直是昏昏沉沉地躺着，不言不语，不吃不喝，不死不活，这可怎么了呢？

树叶黄了，树叶落了，秋深了。

一天夜里，成名夫妻做了一个同样的梦，梦见了他们的儿子黑子。黑子说：

“我是黑子。就是那只黑蛐蛐。蛐蛐是我。我变的。

“我拍死了‘青麻头’，闯了祸。我就想：不如我变一只蛐蛐吧。我就变成了一只蛐蛐。

“我爱打架。

“我打架总要打赢，谁我也不怕。

“我一定要打赢。打赢了，爹就可以不当里正，不挨板子。我九岁了，懂事了。

“我跟别的蛐蛐打，我想：我一定要打赢，为了我爹，我妈。我拼命。蛐蛐也怕蛐蛐拼命。它们就都怕。

“我打败了所有的蛐蛐！我很厉害！

“我想变回来。变不回来了。

“那也好，我活了一秋。我赢了。

“明天就是霜降，我的时候到了。

“我走了，你们不要想我。——没用。”

第二天一早，黑子死了。

一个消息从宫里传到省里，省里传到县里：那只黑蛐蛐死了。

一九八七年九月二十日　爱荷华

载一九八八年第三期《人民文学》

【赏析】

“促织”，就是蟋蟀，北方人俗称“蛐蛐”。汪曾祺自己小时候是玩过蛐蛐的，《多年父子成兄弟》就讲到他父亲养过蟋蟀养过金铃子。笔者小时候也养过蚕虫，玩过金龟子。现在的孩子估计没什么机会养昆虫了，更遑论斗蟋蟀。所以，我们还是从文学的角度来欣赏这篇小说吧！

语言通俗浅白，平易近人；用字长短不一，富节奏感；阅毕全篇，又惊叹其叙述之一气呵成，极其流畅。先看原文开头一段：

> 宣德间，宫中尚促织之戏，岁征民间。此物故非西产。有华阴令，欲媚上官，以一头进，试使斗而才，因责常供。令以责之里正。市中游侠儿，得佳者笼养之，昂其直，居为奇货。里胥猾黠，假此科敛丁口，每责一头，辄倾数家之产。

再翻看汪老的文字，不难发现译文既忠于原作，又有强烈的现代语感。比如“此物故非西产”，写为“这玩意陕西本不出”；又比如“欲媚上官”写作“想拍拍上官的马屁”。读起来精辟，有亲切感。汪老的改写不单单是文言文与白话文的分别，而是一种讲故事的技巧和味道，让读者觉得很有趣味，想一直听下去。

文中有一段写到成名捕捉蟋蟀：

> 天亮了，忽然听到门外蛐蛐叫，成名跳起来，远远一看，是一只蛐蛐。心里高兴，捉它！蛐蛐叫了一声：嚁，跳走了，跳得很快。追。用手掌一捂，好像什么也没有，空的。手才举起，又分明在，跳得老远。急忙追，折过墙角，不见了。四面看看，蛐蛐伏在墙上。

这里的动词多用短语来表达，如“捉它”“追”，营造紧张的气氛，仿佛置身现场一样。到了该诗意、忧伤的时候，汪老又写道：

> 只是他们的儿子一直是昏昏沉沉地躺着，不言不语，不吃不喝，不死不活，这可怎么了呢？
>
> 树叶黄了，树叶落了，秋深了。
>
> 一天夜里，成名夫妻做了一个同样的梦，梦见了他们的儿子黑子。

大家仔细咀嚼，自能体会虽然写的是大白话，但作家对语言的掌握可谓到了炉火纯青的境界。

除了语言方面的特色，改篇增删情节，令人物性格更加突出。其实，蒲松龄的原作已经写得很精彩，但是这个“精彩”主要指曲折多变的情节，人物刻画不多。这可能与其创作动机有关，蒲松龄是想指出封建官僚的升迁发迹，总是建立在百姓的苦难之上，一方面揭露官吏贪婪暴虐的恶行，一方面寄望天子不要只顾一己私乐，应多体恤民生疾苦。此一创作动机与柳宗元的《捕蛇者说》一脉相承。

汪曾祺却想把小说写成一个有血有肉的故事，尤其那个化作蟋蟀的小孩。对于这个小孩的出场，原文只有寥寥数字，“成有子九岁，窥父不在，窃发盆”；汪曾祺却增添了一大段，说他九岁了，非常淘气，上树掏鸟窝蛋，下河捉水蛇，飞砖打恶狗，爱捅马蜂窝，爱打架，老给街坊添麻烦，老惹爸妈生气。如此改写，这个小孩不再是个扁平人物。其次，结局的改写进一步塑造小孩的个性。原著是大团圆结局，成名中了秀才，又获巡抚重赏，一年多后，儿子精神复原，一家乐也融融。汪曾祺却借黑子的读白，道出其变为蟋蟀为父解困的始末，最后却变不回去，而且像蟋蟀一样只能活一秋。

这个结局叫人分外难受。九岁的孩子“贪玩”，其实是天性，趁父亲不在偷看蛐蛐，也只是好奇心驱使，何足以死？蒲松龄写其畏父责骂跳井自尽，本身就很震撼，但是汪老可能觉得“复活”失去了原有的震撼，坚持其死。从小孩死前的读白可见其表面淘气，内心孝顺父母。或许，汪老改写此篇，更多想表达的是父母要多疼爱自己的孩子，包容他们的“淘气”。

戴车匠

【题解】

汪曾祺写过两篇《戴车匠》，一篇写于一九四七年，篇幅较长，叙述亦颇拖沓，除了戴车匠，旁及次要人物，并着力表现回忆中那座“沉默的城”。另一篇写于一九八五年，是作家晚年的回忆之作，为《故人往事》之一章。这里选的是重写版，除了篇幅较短，亦考虑到后者的语言精练，笔触干净利落，人物形象突出，而且洋溢浓郁的思乡之情。

【文本】

戴车匠是东街一景。

车匠是一种很古老的行业了。中国什么时候开始有车匠，无可考。想来这是很久远的事了。所谓车匠，就是在木制的车床上用镟刀车镟小件圆形木器的那种人。从我记事的时候，全城似只有这一个车匠，一家车匠店。

车匠店离草巷口不远，坐南朝北。左邻是侯家银匠店，右邻是杨家香店。侯银匠成天用一根吹管吹火打银簪子、银镯子，或用小錾子錾银器上的花纹。侯家还出租花轿。花轿就停放在店堂的后面。大红缎子的轿帏，上绣丹凤朝阳和八仙，——中国的八仙是一组很奇怪的仙人，什么场合都有他们的份。结婚和八仙有什么关系呢？谁家姑娘要出阁，就事前到侯银匠家把花轿订下来。这顶花轿不知抬过多少新娘子了。附近几条街巷的人家，大家小户，都用这顶花轿。杨家香店柜前立着一块竖匾，上面不是写的字，却是用金漆堆塑出一幅“鹤鹿同春”的画。弯着脖子吃草的金鹿和蜷一只腿的金鹤留给过往行人很深的印象，因为一天要看见好多次。而且这是一幅画，凡是画，只要画得不太难看，人们还是愿意看一眼的。这在劳碌的生活中也是一种享受。我们那里不知道为什么有这样一种规矩，香店里每天都要打一盆稀稀的浆糊，免费供应街邻。人家要用少量的浆糊，就拿一块小纸，到香店里去“寻”。——大量的当然不行，比如糊窗户、打袼褙，那得自己家里拿面粉冲。我小时糊风筝，就常到杨家香店寻浆糊（一个“三尾”的风筝是用不了多少浆糊的）……

戴家车匠店夹在两家之间。门面很小，只有一间。地势却颇高。跨进门坎，得上五层台阶。因此车匠店有点像个小戏台（戴车匠就好像在台上演戏）。店里正面是一堵板壁。板壁上有一副一尺多长，四寸来宽的小小的朱红对子，写的是：

室雅何须大

花香不在多

不知这是哪位读书人的手笔。但是看来戴车匠很喜欢这副对子。板壁后面，是住家。前面，是作坊。作坊靠西墙，放着两张车床。这所谓车床和现代的铁制车床是完全不同的。就像一张狭长的小床，木制的，有一个四框，当中有一个车轴，轴上安镟刀，轴下有皮条，皮条钉在踏板上，双脚上下踏动踏板，皮条牵动车轴，镟刀来回转动，车匠坐在坐板上，两手执定小块木料，就镟刀上车镟成器，这就是中国的古式的车床，——其原理倒是和铁制车床是一样的。这东西用语言是说不清楚的。《天工开物》之类的书上也许有车床的图，我没有查过。

靠里的车床是一张大的，那还是戴车匠的父亲留下的。老一辈人打东西不怕费料，总是超过需要的粗壮。这张老车床用了两代人，坐板已经磨得很光润，所有的榫头都还是牢牢实实的，没有一点活动。戴车匠嫌它过于笨重，就自己另打了一张新的。除了做特别沉重的东西，一般都使用外边较小的这一张。

戴车匠起得很早。在别家店铺才卸下铺板的时候，戴车匠已经吃了早饭，选好了材料，看看图样，坐到车床的坐板上了。一个人走进他的工作，是叫人感动的。他这就和这张床子成了一体，一刻不停地做起活来了。看到戴车匠坐在床子上，让人想起古人说的："百工居于肆，以成其器。"中国的工匠，都是很勤快的。好吃懒做的工匠，大概没有，——很少。

车匠做的活都是圆的。常言说："砍的没有镟的圆。"较粗的活是量米的升子，烧饼槌子。——我们那里擀烧饼不用擀杖，用一种特制的烧饼槌子，一段圆木头，车光了，状如一个小碌碡，当中掏出圆洞，插进一个木杆。较细的活是布掸子的把，——末端车成一个滴溜圆的小球或甘露形状；擀烧麦皮用的细擀杖，——我们那里擀烧麦皮用两根小擀杖同时擀，擀杖长五寸，粗如指，极光滑，两根擀杖须分量相等。最细致的活是装围棋子的槟榔木的小圆罐，——罐盖须严丝合缝，木理花纹不错分毫。戴车匠做得最多的是大小不等的滑车。这是三桅大帆船上用的。布帆升降，离不开滑车。做得了的东西，都悬挂在西边墙上，真是琳琅满目，细巧玲珑。

车匠用的木料都是坚实细致的，檀木——白檀，紫檀，红木，黄杨，枣木，梨木，最次的也是榆木的。戴车匠踩动踏板，执料就刀，镟刀轻轻地吟叫着，吐出细细的木花。木花如书带草，如韭菜叶，如番瓜瓤，有白的、浅黄的、粉红的、淡紫的，落在地面上，落在戴车匠的脚上，很好看。住在这条街上的孩子多爱上戴车匠家看戴车匠做活，一个一个，小傻子似的，聚精会神，一看看半天。

孩子们愿意上戴车匠家来，还因为他养着一窝洋老鼠——白耗子，装在一个一面有玻璃的长方木箱里，挂在东面的墙上。洋老鼠在里面踩车、推磨、上楼、下楼，整天不闲着，——无事忙。戴车匠这么大的人了，对洋老鼠并无多大兴趣，养来是给他的独儿子玩的。

一到快过清明节了，大街小巷的孩子就都惦记起戴车匠来。

这里的风俗，清明那天吃螺蛳，家家如此，说是清明吃螺蛳，可以明目。买几斤螺蛳，入盐，少放一点五香大料，煮出一大盆，可供孩子吃一天。孩子们除了吃，还可以玩，——用螺蛳弓把螺蛳壳射出去。螺蛳弓是竹制的小弓，有一支小弓箭，附在双股麻线拧成的弓弦上。竹箭从竹片窝成的弓背当中的一个窟窿里穿过去。孩子们用竹箭的尖端把螺蛳掏出来吃了，用螺蛳壳套在竹箭上，一拉弓弦，弓背弯成满月，一撒手，哒的一声，螺蛳壳便射了出去。射得相当高，相当远。在平地上，射上屋顶是没有问题的。——竹箭被弓背挡住，是射不出去的。家家孩子吃螺蛳，放螺蛳弓，因此每年夏天瓦匠捡漏时，总要从瓦楞里扫下好些螺蛳壳来。不知道为什么，这种螺蛳弓都是车匠做，——其实这东西不用上床子镟，只要用破竹的作刀即能做成，应该由竹器店供应才对。清明前半个月，戴车匠就把别的活都停下来，整天地做螺蛳弓。孩子们从戴车匠门前过，就都兴奋起来。到了接近清明，戴车匠家就都是孩子。螺蛳弓分大、中、小三号，弹力有差，射程远近不同，价钱也不一样。孩子们眼睛发亮，挑选着，比较着，挨挨挤挤，叽叽喳喳，好不热闹。到清明那天，听吧，到处是拉弓放箭的声音："哒——哒！"

戴车匠每年照例要给他的儿子做一张特号的大弓。所有的孩子看了都羡慕。

戴车匠眯缝着眼睛看着他的儿子坐在门坎上吃螺蛳，把螺蛳壳用力地射到对面一家倒闭了的钱庄的屋顶上，若有所思。

他在想什么呢?

他的儿子已经八岁了。他该不会是想：这孩子将来干什么？是让他也学车匠，还是另外学一门手艺？世事变化很快，他隐隐约约觉得，车匠这一行恐怕不能永远延续下去。

一九八一年，我回乡了一次（我去乡已四十余年）。东街已经完全变样，戴家车匠店已经没有痕迹了。——侯家银匠店，杨家香店，也都没有了。

也许这是最后一个车匠了。

一九八五年七月

【赏析】

为什么早年写过一些作品，晚年还要找出来重写？原因很简单：喜欢，念念不忘。二十世记四十年代中期，汪曾祺在上海待过两年，此间五光十色的上海未能引起他的创作热情，反而写了几篇以故乡人事为题的作品，如《戴车匠》《鸡鸭名家》《异秉》。到了新时期，汪曾祺复出文坛，创作一系列以高邮人事为题的作品，又改写《戴车匠》《异秉》，可见“乡愁”在他心里的位置。他在《平心静气》里就说过：“人之一生感情最深的，莫过于家乡、父母和童年。”[①]

大家细读这篇小说，不难感受到文章有一种内在的欢乐，同时又

① 汪曾祺著，邓九平编：《汪曾祺全集》，第六卷，《平心静气》，第263页。

有淡淡的哀愁。重写这篇小说时汪曾祺已经六十五岁，小说末段提到他一九八一年回乡，此时已离开四十多年，他小时候熟悉的街道早已变样，经常流连的店铺早都没了，而笔下这位戴车匠也许是最后一个车匠了。这种情感从父辈或者祖辈身上或许能感受得到，如果他们早年从故乡移居他方，那么他们对故乡的点点滴滴，尤其是童年的游戏，以及故乡的食物，一定念兹在兹。

笔者曾经把汪曾祺比喻为民俗学者，他小时候的到处走走看看，就仿如田野考察，当他把这些生活细节如数家珍般写下来时，俨然把消逝中的历史凝固住。所以，我们今天还能看到民初苏北小城的车匠，以及这个小城的风俗习惯，比如清明吃螺蛳、小孩放螺蛳弓、香店免费供应浆糊等。早在汪曾祺之前，鲁迅、周作人两兄弟就写了不少家乡绍兴的风俗和吃食，避地江南的宋人孟元老的《东京梦华录》以及明遗民张岱的《陶庵梦忆》也都是追忆之作，让我们看到古人生活面貌的一斑。

这篇小说像汪老的其他作品一样，也是娓娓道来。从东街景象讲起，先讲到侯家银匠店和杨家香店。这两家老店都有奇特之处：前者出租花轿，抬过不少新娘子；后者柜前立着一块“鹤鹿同春”的竖匾，又免费给街邻供应浆糊——写到这儿已经引起作家美好的回忆，他小时候糊风筝就常到杨家寻浆糊。接着才讲到夹在两店之间的戴家车匠，从店的门面讲到里屋的对联，继而描述店里的两张车床，以及车匠干的到底是什么活，再及车匠带给小孩无数欢乐的时光。

“车匠”到底是一种什么样的职业？“所谓车匠，就是在木制的车床上用镟刀车镟小件圆形木器的那种人。”这部分的叙述反映了作家的民俗审美观，比如写道：“一个人走进他的工作，是叫人感动的。”又说：“中国的工匠，都是很勤快的。好吃懒做的工匠，大概没有，——很少。”可见汪曾祺对这些人物充满敬佩之情。对这些工匠来说，他们从事的只是糊口的工作，但在汪曾祺眼中，却不失为一种充满生命力的民间艺术，试看文中一段描述：

车匠用的木料都是坚实细致的，檀木——白檀，紫檀，红木，黄杨，枣木，梨木，最次的也是榆木的。戴车匠踩动踏板，执料就刀，镟刀轻轻地吟叫着，吐出细细的木花。木花如书带草，如韭菜叶，如番瓜瓤，有白的、浅黄的、粉红的、淡紫的，落在地面上，落在戴车匠的脚上，很好看。

没有审美的心灵是看不到各色木花洒落之美的，或许因为汪曾祺也是一位画家，所以总是以审美的眼光来看待世间万物。此篇通过温和的笔触，为这个早被时代淘汰的传统手工业技艺，留下美丽的一瞥。

最后值得一提的是车匠与孩子的关系。原来街上的孩子都爱上戴车匠家看他做活，小说中写到“一个一个，小傻子似的，聚精会神，一看看半天”，这里面的小傻子就有一位叫作汪曾祺；因为制作螺蛳弓的关系，清明前车匠家又挤满了孩子，这里面还有这位汪曾祺。童年的回忆在作家笔下多么美好。不知我们这个时代的孩子长大后，对于自己的童年又会有怎样的回忆呢?

文学精读·汪曾祺 >>

散文

自报家门

【题解】

《自报家门》写于一九八八年，是一篇简单介绍作家生平及创作理念的文章。汪曾祺在新时期复出文坛后，创作了一系列清新动人的文章，深受读者欢迎，大家都希望对他有多一点认识，所以就有了这篇文章。此篇写得极为流畅，从故乡、祖父、父母亲、国文老师，再到个人经历、创作心得，侃侃道来，详略有致，不乏幽默，适合灯下一杯热茶，细细咀嚼。

【文本】

京剧的角色出台，大都有一段相当长的独白。向观众介绍自己的历史，最近遇到什么事，他将要干什么，叫做“自报家门”。过去西方戏剧很少用这种办法。西方戏剧的第一幕往往是介绍人物，通过别人之口互相介绍出剧中人。这实在很费事。中国的“自报家门”省事得多。我采取这种办法，也是为了图省事，省得麻烦别人。

法国安妮·居瑞安女士打算翻译我的小说。她从波士顿要到另一个城市去，已经订好了飞机票。听说我要到波士顿，特意把机票退了，好跟我见一面。她谈了对我的小说的印象，谈得很聪明。有一点是别的评论家没有提过，我自己从来没有意识到的。她说我很多小说里都有水，《大淖记事》是这样。《受戒》写水虽不多，但充满了水的感觉。我想了想，真是这样。这是很自然的。我的家乡是一个水乡，江苏北部一个不大的城市——高邮。在运河的旁边。

运河西边，是高邮湖。城的地势低，据说运河的河底和城墙垛子一般高。我们小时候到运河堤上去玩，可以俯瞰堤下人家的屋顶。因此，常常闹水灾。县境内有很多河道。出城到乡镇，大都是坐船。农民几乎家家都有船。水不但于不自觉中成了我的一些小说的背景，并且也影响了我的小说的风格。水有时是汹涌澎湃的，但我们那里的水平常总是柔软的，平和的，静静地流着。

我是一九二〇年生的。三月五日。按阴历算，那天正好是正月十五，元宵节。这是一个吉祥的日子。中国一直很重视这个节日。到现在还是这样。到了这天，家家吃“元宵”，南北皆然。沾了这个光，我每年的生日都不会忘记。

我的家庭是一个旧式的地主家庭。房屋、家具、习俗，都很旧。整所住宅，只有一处叫做“花厅”的三大间是明亮的，因为朝南的一溜大窗户是安玻璃的。其余的屋子的窗格上都糊的是白纸。一直到我读高中时，晚上有的屋里点的还是豆油灯。这在全城（除了乡下）大概找不出几家。

我的祖父是清朝末科的“拔贡”。这是略高于“秀才”的功名。据说要八股文写得特别好，才能被选为“拔贡”。他有相当多的田产，大概有两三千亩田，还开着两家药店，一家布店，但是生活却很俭省。他爱喝一点酒，酒菜不过是一个咸鸭蛋，而且一个咸鸭蛋能喝两顿酒。喝了酒有时就一个人在屋里大声背唐诗。他同时又是一个免费为人医治眼疾的眼科医生。我们家看眼科是祖传的。在孙辈里他比较喜欢我。他让我闻他的鼻烟。有一回我不停地打嗝，他忽然把我叫到跟前，问我他吩咐我做的事做好了没有。我想了半天，他吩咐过我做什么事呀？我使劲地想。他哈哈大笑：“嗝不打了吧！”他说这是治打嗝的最好的办法。他教过我读《论语》，还教我写过初步的八股文，说如果在清朝，我完全可以中一个秀才（那年我才十三岁）。他赏给我一块紫色的端砚，好几本很名贵的原拓本字帖。一个封建家庭的祖父对于孙子的偏爱，也仅能表现到这个程度。

我的生母姓杨。杨家是本县的大族。在我三岁时,她就死去了。她得的是肺病，早就一个人住在一间偏屋里，和家人隔离了。她不让人把我抱去见她。因此我对她全无印象。我只能从她的遗像（据说画得很像）上知道她是什么样子，另外我从父亲的画室里翻出一摞她生前写的大楷，字写得很清秀。由此我知道我的母亲是读过书的。她嫁给我父亲后还能每天写一张大字，可见她还过着一种闺秀式的生活，不为柴米操心。

我父亲是我所知道的一个最聪明的人。多才多艺。他不但金石书画皆通，而且是一个擅长单杠的体操运动员，一名足球健将。他还练过中国的武术。他有一间画室，为了用色准确，裱糊得“四白落地”。他后半生不常作画，以“懒”出名。他的画室里堆积了很多求画人送来的宣纸，上面都贴了一个红签：“敬求法绘，赐呼 ××”。我的继母有时提醒：“这几张纸，你该给人家画画了”，父亲看看红签，说：“这人已经死了。”每逢春秋佳日，天气晴和，他就打开画室作画。我非常喜欢站在旁边看他画，对着宣纸端详半天。先用笔杆的一头或大拇指指甲在纸上划几道，决定布局，然后画花头、枝干、布叶、勾筋。画成了，再看看，收拾一遍，题字，盖章，用摁钉钉在板壁上，再反复看看。他年轻时曾画过工笔的菊花。能辨别、表现很多菊花品种。因为他是阴历九月生的，在中国，习惯把九月叫做菊月，所以对菊花特别有感情。后来就放笔作写意花卉了。他的画，照我看是很有功力的。可惜居处在一个小县城里，未能浪游万里，多睹大家真迹。又未曾学诗，题识多用成句，只成“一方之士”，声名传得不远。很可惜！他学过很多乐器，笙箫管笛、琵琶、古琴都会。他的胡琴拉得很好。几乎所有的中国乐器我们家都有过。包括唢呐、海笛。他吹过的箫和笛子是我一生中见过的最好的箫笛。他的手很巧，心很细。我母亲的冥衣（中国人相信人死了，在另一个世界——阴间还要生活，故用纸糊制了生活用物烧了，使死者可以“冥中收用”，统称冥器）是他亲手糊的。他选购了各种砑花的色纸，糊了很多套，四季衣裳，单夹皮棉，应有尽有。“裘皮”剪得极细，和真的一样，还能分出羊皮、狐皮。他会糊风筝。有一年糊了一个蜈蚣——这是风筝最难的一种，带着儿女到麦田里去放。蜈蚣在天上矫矢摆动，跟活的一样。这是我永远不能忘记的一天。他放蜈蚣用的是胡琴的“老弦”。用琴弦放风筝，我还未见过第二人。他养过鸟，养过蟋蟀。他用钻石刀把玻璃裁成小片，再用胶水一片一片斗拢粘固，做成小船、小亭子、八面玲珑绣球，在里面养金铃子——一种金色的小昆虫，磨翅发声如金铃。我父亲真是一个聪明人。如果我还不算太笨，大概跟我从父亲那里接受的遗传因子有点关系。我的审美意识的形成，跟我从小看他作画有关。

我父亲是个随便的人，比较有同情心，能平等待人。我十几岁时就和他对座饮酒，一起抽烟。他说：“我们是多年父子成兄弟。”他的这种脾气也传给了我。不但影响了我和家人子女、朋友后辈的关系，而且影响了我对我所写的人物的态度以及对读者的态度。

我的小学和初中是在本县读的。

小学在一座佛寺的旁边，原来即是佛寺的一部分。我几乎每天放学都要到佛寺里逛一逛，看看哼哈二将、四大天王、释迦牟尼、迦叶阿难、十八罗汉、南海观音。这些佛像塑得生动。这是我的雕塑艺术馆。

从我家到小学要经过一条大街，一条曲曲弯弯的巷子。我放学回家喜欢东看看，西看看，看看那些店铺、手工作坊、布店、酱园、杂货店、爆仗店、烧饼店、卖石灰麻刀的铺子、染坊……我到银匠店里去看银匠在一个模子上錾出一个小罗汉，到竹器厂看师傅怎样把一根竹竿做成篦草的篦子，到车匠店看车匠用硬木车镟出各种形状的器物，看灯笼铺糊灯笼……百看不厌。有人问我是怎样成为一个作家的，我说这跟我从小喜欢东看看西看看有关。这些店铺、这些手艺人使我深受感动，使我闻嗅到一种辛劳、笃实、轻甜、微苦的生活气息。这一路的印象深深注入我的记忆，我的小说有很多篇写的便是这座封闭的、褪色的小城的人事。

初中原是一个道观，还保留着一个放生鱼池。池上有飞梁（石桥），一座原来供奉吕洞宾的小楼和一座小亭子。亭子四周长满了紫竹（竹竿深紫色）。这种竹子别处少见。学校后面有小河，河边开着野蔷薇。学校挨近东门，出东门是杀人的刑场。我每天沿着城东的护城河上学、回家，看柳树，看麦田，看河水。

我自小学五年级至初中毕业，教国文的都是一位姓高的先生。高先生很有学问，他很喜欢我。我的作文几乎每次都是“甲上”。在他所授古文中，我受影响最深的是明朝大散文家归有光的几篇代表作。归有光以轻淡的文笔写平常的人物，亲切而凄婉。这和我的气质很相近，我现在的小说里还时时回响着归有光的余韵。

我读的高中是江阴的南菁中学。这是一座创立很早的学校，至今已百余年历史。这个学校注重数理化，轻视文史。但我买了一部词学丛书，课余常用毛笔抄宋词，既练了书法，也略窥了词意。词大都是抒情的，多写离别。这和少年人每易有的无端感伤情绪易于相合。到现在我的小说里还带有一点隐隐约约的哀愁。

读了高中二年级，日本人占领了江南，江北危急。我随祖父、父亲在离城稍远的一个村庄的小庵里避难。在庵里大概住了半年。

我在《受戒》里写了和尚的生活。这篇作品引起注意，不少人问我当过和尚没有。我没有当过和尚。在这座小庵里我除了带了准备考大学的教科书，只带了两本书，一本《沈从文小说选》，一本屠格涅夫的《猎人日记》。说得夸张一点，可以说这两本书定了我的终身。这使我对文学形成比较稳定的兴趣，并且对我的风格产生深远的影响。我父亲也看了沈从文的小说，说："小说也是可以这样写的？"我的小说也有人说是不像小说，其来有自。

一九三九年，我从上海经香港、越南到昆明考大学。到昆明，得了一场恶性疟疾，住进了医院。这是我一生第一次住院，也是唯一的一次。高烧超过四十度。护士给我注射了强心针，我问她："要不要写遗书？"我刚刚能喝一碗蛋花汤，晃晃悠悠进了考场。考完了。一点把握没有。天保佑，发了榜，我居然考中了第一志愿：西南联大中国文学系！

我成不了语言文字学家。我对古文字有兴趣的只是它的美术价值——字形。我一直没有学会国际音标。我不会成为文学史研究者或文学理论专家，我上课很少记笔记，并且时常缺课。我只能从兴趣出发，随心所欲，乱七八糟地看一些书。白天在茶馆里。夜晚在系图书馆。于是，我只能成为一个作家了。

不能说我在投考志愿书上填了西南联大中国文学系是冲着沈从文去的，我当时有点恍恍惚惚，缺乏任何强烈的意志。但是"沈从文"是对我很有吸引力的，我在填表前是想到过的。

沈先生一共开过三门课：各体文习作、创作实习、中国小说史，我都选了。沈先生很欣赏我。我不但是他的入室弟子，可以说是得意高足。

沈先生实在不大会讲课。讲话声音小，湘西口音很重，很不好懂。他讲课没有讲义，不成系统，只是即兴的漫谈。他教创作，反反复复，经常讲的一句话是：要贴到人物来写。很多学生都不大理解这是什么意思。我是理解的。照我的理解，他的意思是：在小说里，人物是主要的，主导的，其余的都是次要的，派生的。作者的心要和人物贴近，富同情，共哀乐。什么时候作者的笔贴不住人物，就会虚假。写景，是制造人物生活的环境。写景处即是写人，景和人不能游离。常见有的小说写景极美，但只是作者眼中之景，与人物无关。这样有时甚至会使人物疏远。即作者的叙述语言也须和人物相协调，不能用知识分子的语言去写农民。我相信我的理解是对的。这也许不是写小说唯一的原则（有的小说可以不着重写人，也可以有的小说只是作者在那里发议论），但是是重要的原则。至少在现实主义的小说里，这是重要原则。

沈先生每次进城（为了躲日本飞机空袭，他住在昆明附近呈贡的乡下，有课时才进城住两三天），我都去看他。还书、借书，听他和客人谈天。他上街，我陪他同去，逛寄卖行，旧货摊，买耿马漆盒，买火腿月饼。饿了，就到他的宿舍对面的小铺吃一碗加一个鸡蛋的米线。有一次我喝得烂醉，坐在路边，他以为是一个生病的难民，一看，是我！他和几个同学把我架到宿舍里，灌了好些酽茶，我才清醒过来。有一次我去看他，牙疼，腮帮子肿得老高，他不说一句话，出去给我买了几个大橘子。

我读的是中国文学系，但是大部分时间是看翻译小说。当时在联大比较时髦的是 A. 纪德，后来是萨特。我二十岁开始发表作品。外国作家我受影响较大的是契诃夫，还有一个西班牙作家阿索林。我很喜欢阿索林，他的小说像是覆盖着阴影的小溪，安安静静的，同时又是活泼的，流动的。我读了一些弗吉尼亚·伍尔芙的作品，读了普特斯特小说的片段。我的小说有一个时期明显地受了意识流方法的影响，如《小学校的钟声》《复仇》。

离开大学后，我在昆明郊区一个联大同学办的中学教了两年书。《小学校的钟声》和《复仇》便是这时写的。当时没有地方发表。后来由沈先生寄给上海的《文艺复兴》，郑振铎先生打开原稿，发现上面已经叫蠹虫蛀了好些小洞。

一九四六年初秋，我由昆明到上海。经李健吾先生介绍，到一个私立中学教了两年书。一九四八年初春离开。这两年写了一些小说，结为《邂逅集》。

到北京，失业半年，后来到历史博物馆任职。陈列室在午门城楼上，展出的文物不多，游客寥寥无几。职员里住在馆里的只有我一个人。我住的那间据说原是锦衣卫值宿的屋子。为了防火，当时故宫范围内都不装电灯，我就到旧货摊上买了一盏白瓷罩子的古式煤油灯。晚上灯下读书，不知身在何世。北京一解放，我就报名参加了四野南下工作团。

我原想随四野一直打到广州，积累生活，写一点刚劲的作品。不想到武汉就被留下来接管文教单位，后来又被派到一个女子中学当副教导主任。一年之后，我又回到北京，到北京市文联工作。一九五四年，调中国民间文艺研究会。

自一九五〇年至一九五八年，我一直当文艺刊物编辑。编过《北京文艺》《说说唱唱》《民间文学》。我对民间文学是很有感情的。民间故事丰富的想象和农民式的幽默，民歌比喻的新鲜和韵律的精巧使我惊奇不置。但我对民间文学的感情被割断了。一九五八年，我被错划成右派，下放到长城外面的一个农业科学研究所劳动，将近四年。

这四年对我来说是很重要的。我和农业工人（即是农民）一同劳动，吃一样的饭，晚上睡在一间大宿舍里，一铺大炕（枕头挨着枕头，虱子可以自由地从最东边一个人的被窝里爬到最西边的被窝里）。我比较切实地看到中国的农村和中国的农民是怎么回事。

一九六二年初，我调到北京京剧团当编剧，一直到现在。

我二十岁开始发表作品，今年六十九岁，写作时间不可谓不长。但我的写作一直是断断续续，一阵一阵的，因此数量很少。过了六十岁，就听到有人称我为“老作家”，我觉得很不习惯。第一，我不大意识到我是一个作家；第二，我没有觉得我已经老了。近两年逐渐习惯了。有什么办法呢，岁数不饶人。杜甫诗：“座下人渐多”。现在每有宴会，我常被请到上席，我已经出了几本书，有点影响。再说我不是作家，就有点矫情了。我算什么样的作家呢？

我年轻时受过西方现代派的影响，有些作品很“空灵”，甚至很不好懂。这些作品都已散失。有人说翻翻旧报刊，是可以找到了。劝我搜集起来出一本书。我不想干这种事。实在太幼稚，而且和人民的疾苦距离太远。我近年的作品渐趋平实。在北京市作协讨论我的作品的座谈会上，我作了一个简短的发言，题为“回到民族传统，回到现实主义”，这大体上可以说是我现在的文学主张。我并不排斥现代主义。每逢有人诋毁青年作家带有现代主义倾向的作品时，我常会为他们辩护。我现在有时也偶尔还写一点很难说是纯正的现实主义的作品，比如《昙花、鹤和鬼火》，就是在通体看来是客观叙述的小说中有时还夹带一点意识流片段，不过评论家不易察觉。我的看似平常的作品其实并不那么老实。我希望能做到融奇崛于平淡，纳外来于传统，不今不古，不中不西。

我是较早意识到要把现代创作和传统文化结合起来的。和传统文化脱节，我以为是开国以后，五十年代文学的一个缺陷。——有人说这是中国文化的“断裂”，这说得严重了一点。有评论家说我的作品受了两千多年前的老庄思想的影响，可能有一点，我在昆明教中学时案头常放的一本书是《庄子集解》。但是我对庄子感极大的兴趣的，主要是其文章，至于他的思想，我到现在还不甚了了。我自己想想，我受影响较深的，还是儒家。我觉得孔夫子是个很有人情味的人，并且是个诗人。他可以发脾气，赌咒发誓。我很喜欢《论语·子路曾皙冉有公西华侍坐》。他让在座的四位学生谈谈自己的志愿，最后问到曾皙（点）。

> “点，尔何如？”
> 鼓瑟希，铿尔，舍瑟而作，对曰：“异乎三子者之撰。”
> 子曰：“何伤乎？亦各言其志也。”
> 曰：“暮春者，春服既成，冠者五六人，童子六七人，浴乎沂，

风乎舞雩，咏而归。”

夫子喟然叹曰：“吾与点也。”

这写得实在非常美。曾点的超功利的率性自然的思想是生活境界的美的极致。

我很喜欢宋儒的诗：

万物静观皆自得，
四时佳兴与人同。

说得更实在的是：

顿觉眼前生意满，
须知世上苦人多。

我觉得儒家是爱人的，因此我自诩为“中国式的人道主义者”。

我的小说似乎不讲究结构。我在一篇谈小说的短文中，说结构的原则是：随便。有一位年龄略低我的作家每谈小说，必谈结构的重要。他说：“我讲了一辈子结构，你却说：随便！”我后来在谈结构的前面加了一句话：“苦心经营的随便”，他同意了。我不喜欢结构痕迹太露的小说，如莫泊桑，如欧·亨利。我倾向“为文无法”，即无定法。我很向往苏轼所说的：“如行云流水，初无定质，但常行于所当行，常止于所不可不止，文理自然，姿态横生。”我的小说在国内被称为“散文化”的小说。我以为散文化是世界短篇小说发展的一种（不是唯一的）趋势。

我很重视语言，也许过分重视了。我以为语言具有内容性。语言是小说的本体，不是外部的，不只是形式、是技巧。探索一个作者气质、他的思想（他的生活态度，不是理念），必须由语言入手，并始终浸在作者的语言里。语言具有文化性。作品的语言映照出作者的全部文化修养。语言的美不在一个一个句子，而在句与句之间的关系。包世臣论王羲之字，看来参差不齐，但如老翁携带幼孙，顾盼有情，痛痒相关。好的语言正当如此。语言像树，枝干内部液汁流转，一枝摇，百枝摇。语言像水，是不能切割的。一篇作品的语言，是一个有机的整体。

我认为一篇小说是作者和读者共同创作的。作者写了，读者读了，创作过程才算完成。作者不能什么都知道，都写尽了。要留出余地，让读者去捉摸，去思索，去补充。中国画讲究“计白当黑”。包世臣论书以为当使字之上下左右皆有字。宋人论崔颢的《长干歌》“无字处皆有字”。短篇小说可以说是“空白的艺术”。办法很简单：能不说的话就不说。这样一篇小说的容量就会更大了，传达的信息就更多。以己少少许，胜人多多许。短了，其实是长了。少了，其实是多了。这是很划算的事。

我这篇“自报家门”实在太长了。

一九八八年三月二十日

载一九八八年第七期《作家》

【赏析】

《自报家门》这样的文章并不好写，这好比一个短小的自传。传记一方面要求涉猎面广，时间跨度长，这样读者才能对作者有深刻的认识。但是，数据太多太详又容易造成杂乱无章，冗长乏味，使人失去阅读的兴趣。因此，恰当取材，有轻有重，哪些事情、哪些人物详写，哪些可以略过，心里要有数。如果大家把文章从头到尾浏览一遍，再看段落之间的过渡，可见汪曾祺下笔前，早就把结构、内容想好了，所以读起来非常流畅，主题突出。

文章基本上是顺时推进，从作者出生讲到当下生活，这是文章的外在结构。不过，里面还有一个内在结构，正是文章主题所在，不受时间限制。这个主题就是“一个作家是如何形成的”，只要与主题相关就多写，无关则略写。

开首写到我的故乡、我的祖父、我的父亲，都是紧扣其作家身份而言，比方说法国评论家安妮·居瑞安评其小说里充满了“水”——因为他的家乡高邮就是一个水乡啊。他的祖父就是他的启蒙老师，常在屋里大声背唐诗，教他读《论语》，这种影响是深远的，文末就提到他创作思想比较接近儒家，尤其喜欢《论语·子路曾皙冉有公西华侍坐》这一章。细心的读者还会发现祖父经营的药店后来成了他创作的题材。“我的父亲”写得最详细，汪曾祺不厌其烦地描述父亲的各种才能，诸如画画、音乐、手艺……再写到父子情，一起对坐饮酒、一起抽烟。这里想表达的正是“他的这种脾气也传给了我。不但影响了我和家人子女、朋友后辈的关系，而且影响了我对我所写的人物的态度以及对读者的态度”。

另一个深深影响汪曾祺创作的人是沈从文，或者说沈从文说过的一句话：“要贴到人物来写。”汪曾祺一直铭记这句话，并把他应用在创作上。对于其他同学不太理解这句话的意思，自己却深谙其义，汪曾祺是有一点沾沾自喜之情,毕竟他是沈从文的“得意高足”。对于“作家是如何形成的”，汪曾祺还想说：这是长年累月积累下来的。因此，当他讲到“我的小学”时,并没有写什么老师、同学、学校生活之类的，而是写他从家到学校的路上，如何到处闲逛，看各式店铺，各样匠人干活的情况，正好呼应之前讲到的《戴车匠》。一个作家必须有生活的敏感度，要对周遭的一切充满好奇心，这样才能把人物写活了。至于毕业后工作的情况，虽然涉及昆明、上海、北京、武汉等几个地方不同的岗位，从一九四四年到一九五八年，十几年的光阴，却是寥寥数笔,一带而过。对于自己被错划成右派及下放的情况,也是点到即止。

文章的后半部分主要讲创作历程和理念，即其思想的转变，从早期受西方现代派影响，到后来回归传统，回到现实主义；再讲小说结构及语言的特色；再及作者、读者共同完成一篇作品。汪曾祺尽量扼要交代，脉络清晰，每一论点用一两个例子说明，比如用包世臣论王羲之字来说明“语言的美不在一个一个句子,而在句与句之间的关系”，甚为生动，具说服力。

整篇文章读下来，可以感受到汪曾祺对生活是持着乐观、正面的态度。虽然早年丧母，但是他记着祖父对他的偏爱，父亲对他的影响，还有国文老师高先生、沈从文的提拔。回到开篇提及自己是元宵节生日，“沾了这个光，我每年的生日都不会忘记”，可见他的童年、青少年是很愉悦的。至于后来生活的坎坷，他又以宋儒的诗来自勉："顿觉眼前生意满，须知世上苦人多。"

多年父子成兄弟

【题解】

父亲、母亲是永远的写作题材，现当代作家写父母亲的多不胜数，同学比较熟悉的可能是朱自清的《背影》和冰心的《纸船》。其实，鲁迅、老舍、胡适、莫言、贾平凹、张爱玲等作家都写过自己的父亲或母亲，各有特色。汪曾祺这篇写父亲的散文放在这些文章里一点儿也不逊色，反而突显其真挚、质朴之情，而其中兄弟般的父子关系更是当今社会最看重的一环。

【文本】

这是我父亲的一句名言。

父亲是个绝顶聪明的人。他是画家，会刻图章，画写意花卉。图章初宗浙派，中年后治汉印。他会摆弄各种乐器，弹琵琶，拉胡琴，笙箫管笛，无一不通。他认为乐器中最难的其实是胡琴，看起来简单，只有两根弦，但是变化很多，两手都要有功夫。他拉的是老派胡琴，弓子硬，松香滴得很厚——现在拉胡琴的松香都只滴了薄薄的一层，他的胡琴音色刚亮。胡琴码子都是他自己刻的，他认为买来的不中使。他养蟋蟀养金铃子，他养过花，他养的一盆素心兰在我母亲病故那年死了，从此他就不再养花。我母亲死后，他亲手给她做了几箱子冥衣——我们那里有烧冥衣的风俗。按照母亲生前的喜好，选购了各种花素色纸作衣料，单夹皮棉，四时不缺。他做的皮衣能分得出小麦穗、羊羔、灰鼠、狐肷。

父亲是个很随和的人，我很少见他发过脾气，对待子女，从无疾言厉色。他爱孩子，喜欢孩子，爱跟孩子玩，带着孩子玩。我的姑妈称他为“孩子头”。春天，不到清明，他领一群孩子到麦田里放风筝。放的是他自己糊的蜈蚣（我们那里叫“百脚”），是用染了色的绢糊的。放风筝的线是胡琴的老弦。老弦结实而轻，这样风筝可笔直地飞上去，没有“肚儿”。用胡琴弦放风筝，我还未见过第二人。清明节前，小麦还没有“起身”，是不怕践踏的，而且越踏会越长得旺。孩子们在屋里闷了一冬天，在春天的田野里奔跑跳跃，身心都极其畅快。他用钻石刀把玻璃裁成不同形状的小块，再一块一块斗拢，接缝处用胶水黏牢，做成小桥、小亭子、八角玲珑水晶球。桥、亭、球是中空的，里面养了金铃子。从外面可以看到金铃子在里面自在爬行，振翅鸣叫。他会做各种灯。用浅绿透明的“鱼鳞纸”扎了一只纺织娘，栩栩如生。用西洋红染了色，上深下浅，通草做花瓣，做了一个重瓣荷花灯，真是美极了。用小西瓜（这是拉秧的小瓜，因其小，不中吃，叫做“打瓜”或“笃瓜”）上开小口挖净瓜瓤，在瓜皮上雕镂出极细的花纹，做成西瓜灯。我们在这些灯里点了蜡烛，穿街过巷，邻居的孩子都跟过来看，非常羡慕。

父亲对我的学业是关心的，但不强求。我小时候，国文成绩一直是全班第一。我的作文，时得佳评，他就拿出去到处给人看。我的数学不好，他也不责怪，只要能及格，就行了。他画画，我小时也喜欢画画，但他从不指点我。他画画时，我在旁边看，其余时间由我自己乱翻画谱，瞎抹。我对写意花卉那时还不太会欣赏，只是画一些鲜艳的大桃子，或者我从来没有见过的瀑布。我小时字写得不错，他倒是给我出过一点主意。在我写过一阵“圭峰碑”和“多宝塔”以后，他建议我写写“张猛龙”。这建议是很好的，到现在我写的字还有“张猛龙”的影响。我初中时爱唱戏，唱青衣，我的嗓子很好，高亮甜润。在家里，他拉胡琴，我唱。我的同学有几个能唱戏的。学校开园乐会，他应我的邀请，到学校去伴奏。几个同学都只是清唱，有一个姓费的同学借到一顶纱帽，一件蓝官衣，扮起来唱“朱砂井”，但是没有配角，没有衙役，没有犯人，只是一个赵廉，摇着马鞭在台上走了两圈，唱了一段“郡坞县在马上心神不定”便完事下场。父亲那么大的人陪着几个孩子玩了一下午，还挺高兴。我十七岁初恋，暑假里，在家写情书，他在一旁瞎出主意。我十几岁就学会了抽烟喝酒。他喝酒，给我也倒一杯。抽烟，一次抽出两根他一根我一根。他还总是先给我点上火。我们的这种关系，他人或以为怪。父亲说：“我们是多年父子成兄弟。”

我和儿子的关系也是不错的。我戴了“右派分子”的帽子下放张家口农村劳动，他那时还从幼儿园刚毕业，刚刚学会汉语拼音，用汉语拼音给我写了第一封信。我也只好赶紧学会汉语拼音，好给他写回信。“文化大革命”期间，我被打成“黑帮”，送进“牛棚”。偶尔回家，孩子们对我还是很亲热。我的老伴告诫他们“你们要和爸爸‘划清界限’”，儿子反问母亲：“那你怎么还给他打酒？”只有一件事，两代之间，曾有分歧。他下放山西忻县“插队落户”，按规定，春节可以回京探亲。我们等着他回来。不料他同时带回了一个同学。他这个同学的父亲是一位正受林彪迫害，搞得人囚家破的空军将领。这个同学在北京已经没有家。按照大队的规定是不能回北京的，但是孩子很想回北京，在一伙同学的秘密帮助下，我的儿子就偷偷地把他带回来了。他连“临时户口”也不能上，是个“黑人”，我们留他在家住，等于“窝藏”了他。公安局随时可以来查户口，街道办事处的大妈也可能举报。当时人人自危，自顾不暇，儿子惹了这么一个麻烦，使我们非常为难。我和老伴把他叫到我们的卧室，对他的冒失行为表示不满，我责备他：“怎么事前也不和我们商量一下！”我的儿子哭了，哭得很委屈，很伤心。我们当时立刻明白了：他是对的，我们是错的。我们这种怕担干系的思想是庸俗的。我们对儿子和同学之间义气缺乏理解，对他的感情不够尊重。他的同学在我们家一直住了四十多天，才离去。

对儿子的几次恋爱，我采取的态度是“闻而不问”。了解，但不干涉。我们相信他自己的选择，他的决定。最后，他悄悄和一个小学时期女同学好上了，结了婚。有了一个女儿，已近七岁。

我的孩子有时叫我“爸”，有时叫我“老头子！”连我的孙女也跟着叫。我的亲家母说这孩子“没大没小”。我觉得一个现代化的，充满人情味的家庭，首先必须做到“没大没小”。父母叫人敬畏，儿女“笔管条直”最没有意思。

儿女是属于他们自己的。他们的现在，和他们的未来，都应由他们自己来设计。一个想用自己理想的模式塑造自己的孩子的父亲是愚蠢的，而且，可恶！另外作为一个父亲，应该尽量保持一点童心。

一九九〇年九月一日

载一九九一年第一期《福建文学》

【赏析】

从文学评论的角度来看，这篇散文写得很成功，结构分明，内容翔实，文章从“多年父子成兄弟”这中心句展开讨论，再用两段父子情贯穿全文，最后就父子相处之道稍作评论，以作收结。

读过《自报家门》，我们知道汪曾祺的生母在他三岁时已经去世，所以父亲的角色非常重要。读这篇文章时，我们可以感受到汪老心里的激动，他对父亲的欣赏、惺惺相惜之情溢于言表，一句“父亲是个绝顶聪明的人”就可以看出父亲在他心里的位置！他父亲多才多艺，会画画，会刻图章，会玩各种乐器，尤其是胡琴。父亲拉的胡琴松香滴得很厚，音色刚亮，胡琴码子是自己刻的，还用胡琴的老弦做风筝的线。汪曾祺念初中时爱唱戏，他父亲就给他拉胡琴伴奏，还参加学校的园乐会，陪孩子玩了一下午。细心读一下这些文字，你会发现几乎每句都以“他”开头：他……他……他……汪曾祺是多么迫不及待要告诉读者自己的父亲有多棒，自己多么喜欢父亲的陪伴。

汪曾祺的生母早逝，汪曾祺并没有正面描述父亲对母亲的爱，而是通过两件小事来映衬。“他养过花，他养的一盆素心兰在我母亲病故那年死了，从此他就不再养花。”这是多么悲痛的一种思念。父亲还亲手给母亲做了几箱子冥衣，用各式花纸做衣料，夏衣冬衣俱备，做得极其细致，四时不缺。在这个背景下，言语仿佛是多余的，父亲的行为在汪曾祺幼小的心灵里打下了深深的烙印。

这篇散文既可看作纪念父亲的文章，其实也是一篇谈教育的散文，里面自由、开明、尊重孩子的论点放在当今社会仍然是当头棒喝。

父亲是个“孩子头”，喜欢跟孩子玩各种游戏，而且还自己一手包办所有的“玩具”！放风筝，放的是父亲糊的蜈蚣；养金铃子，养在父亲做的水晶球里；做各种各样的灯，年幼的汪曾祺在这些灯里点了蜡烛，穿街过巷，邻居羡慕不已。想想，现在的父母有几个会给孩子做玩具？哪些玩具不是从大商店里买回来的？其中又有几件是独一无二的？要知道这些独一无二的玩具能叫孩子记住一辈子。

其次，学习方面，现今不少家长都过分积极，揠苗助长，给孩子报读各种补习班、课外活动。汪老却说：“我的数学不好，他也不责怪，只要能及格，就行了。”父亲会画画，却不指点儿子，由他自己乱翻画谱，瞎抹。父亲的管教之道令我想起卢梭的《爱弥儿》，他这种态度其实是尊重孩子的天性，任其自然发展。我想他父亲大概看出自己的孩子语文能力比较强，所以拿着孩子的佳作到处给人看，但对于数学却不强求,不难为孩子。父母其实不应该在孩子年幼时过分“参与”“指教”，这样反而会压抑孩子天马行空的想象力。文章里最为人津津乐道的当是十七岁的汪曾祺写情书，父亲竟在一旁瞎出主意；他十几岁学会抽烟喝酒（暂不论年轻人应否抽烟喝酒），父亲就跟他一起抽烟喝酒，还先给儿子点火，可见父亲真是把儿子当作兄弟看待了！

另一方面，汪曾祺继承了这种父子相处之道，对自己的儿子也是尊重、包容。从“窝藏黑人”一事来看，成人固然有偏见，顾虑较多，不像孩子般善恶分明，但难得的是汪曾祺作为父亲，没有执持己见，反而反躬自省，最后接纳孩子的想法，支持他的决定。

古语云：“养不教，父之过。”其实，怎么“教”才是学问，当中又以“身教”最为重要。汪曾祺的父亲热爱生活，重感情，有童心，爱孩子……这些深深影响了汪曾祺，使他最终成为出色的作家。请允许我重复一遍文章的结尾：“儿女是属于他们自己的。他们的现在，和他们的未来，都应由他们自己来设计。一个想用自己理想的模式塑造自己的孩子的父亲是愚蠢的，而且，可恶！另外作为一个父亲，应该尽量保持一点童心。”

西南联大中文系

【题解】

国立西南联合大学是中国现代历史上一所非常奇特的大学，诞生于战祸时代，结束于和平岁月，群集各方贤能，孕育大量精英。[①]汪曾祺于一九三九至一九四四年曾经就读这间大学的中文系，受教于朱自清、闻一多、沈从文、卞之琳、陈梦家、罗常培、刘文典等著名学者，亲炙一代文宗风范。这篇文章记载的正是此段学习生涯，文中着力刻画自由的校风及各位前辈独特的教学风格，并点出“自由”对大学教育、对培育人才之重要性。

---

① 一九三七年七月七日“卢沟桥事变”爆发，全面触发中日战争，不久华北沦陷。当时的国立北京大学、国立清华大学、私立南开大学遂合并为一所大学，先在湖南长沙落址，名为“国立长沙临时大学”。校务由北大校长蒋梦麟、清华校长梅贻琦、南开校长张伯苓组成的常务委员会共同管理。一九三八年四月校舍迁至云南昆明，更名为“国立西南联合大学”，直至一九四六年五月四日宣布结束，为期八年。

【文本】

西南联大中文系的教授有清华的，有北大的。应该也有南开的。但是哪一位教授是南开的，我记不起来了，清华的教授和北大的教授有什么不同,我实在看不出来。联大的系主任是轮流做庄。朱自清先生当过一段系主任。担任系主任时间较长的，是罗常培先生。学生背后都叫他“罗长官”。罗先生赴美讲学，闻一多先生代理过一个时期。在他们“当政”期间，中文系还是那个老样子，他们都没有一套“施政纲领”。事实上当时的系主任“为官清简”，近于无为而治。中文系的学风和别的系也差不多：民主、自由、开放。当时没有“开放”这个词，但有这个事实。中文系似乎比别的系更自由。工学院的机械制图总要按期交卷，并且要严格评分的；理学院要做实验，数据不能马虎。中文系就没有这一套。记得我在皮名举先生的“西洋通史”课上交了一张规定的马其顿国的地图，皮先生阅后，批了两行字：“阁下之地图美术价值甚高，科学价值全无。”似乎这样也可以了。总而言之，中文系的学生更为随便，中文系体现的“北大”精神更为充分。

如果说西南联大中文系有一点什么“派”，那就只能说是“京派”。西南联大有一本《大一国文》，是各系共同必修。这本书编得很有倾向性。文言文部分突出地选了《论语》，其中最突出的是《子路曾皙冉有公西华侍坐》。“暮春者，春服既成，冠者五六人，童子六七人，浴乎沂，风乎舞雩，咏而归”，这种超功利的生活态度，接近庄子思想的率性自然的儒家思想对联大学生有相当深广的潜在影响。还有一篇李清照的《金石录后序》。一般中学生都读过一点李清照的词，不知道她能写这样感情深挚、挥洒自如的散文。这篇散文对联大文风是有影响的。语体文部分，鲁迅的选的是《示众》。选一篇徐志摩的《我所知道的康桥》，是意料中事。选了丁西林的《一只马蜂》，就有点特别。更特别的是选了林徽因的《窗子以外》。这一本《大一国文》可以说是一本“京派国文”。严家炎先生编中国流派文学史，把我算作最后一个“京派”，这大概跟我读过联大有关，甚至是和这本《大一国文》有点关系。这是我走上文学道路的一本启蒙的书。这本书现在大概是很难找到了。如果找得到，翻印一下，也怪有意思的。

“京派”并没有人老挂在嘴上。联大教授的“派性”不强。唐兰先生讲甲骨文，讲王观堂（国维）、董彦堂（董作宾），也讲郭鼎堂（沫若），——他讲到郭沫若时总是叫他“郭沫（读如妹）若”。闻一多先生讲（写）过“擂鼓的诗人”，是大家都知道的。

联大教授讲课从来无人干涉，想讲什么就讲什么，想怎么讲就怎么讲。刘文典先生讲了一年庄子，我只记住开头一句：“《庄子》嘿，我是不懂的喽，也没有人懂。”他讲课是东拉西扯，有时扯到和庄子毫不相干的事。倒是有些骂人的话，留给我的印象颇深。他说有些搞校勘的人，只会说甲本作某，乙本作某，——“到底应该作什么？”骂有些注释家，只会说甲如何说，乙如何说：“你怎么说？”他还批评有些教授，自己拿了一个有注解的本子，发给学生的是白文，“你把注解发给学生！要不，你也拿一本白文！”他的这些意见，我以为是对的。他讲了一学期《文选》，只讲了半篇木玄虚的《海赋》。好几堂课大讲“拟声法”。他在黑板上写了一个挺长的法国字，举了好些外国例子。曾见过几篇老同学的回忆文章，说闻一多先生讲楚辞，一开头总是“痛饮酒熟读《离骚》，方称名士”。有人问我，“是不是这样？”是这样。他上课，抽烟。上他的课的学生，也抽。他讲唐诗，不蹈袭前人一语。讲晚唐诗和后期印象派的画一起讲，特别讲到“点画派”。中国用比较文学的方法讲唐诗的，闻先生当为第一人。他讲《古代神话与传说》非常“叫座”。上课时连工学院的同学都穿过昆明城，从拓东路赶来听。那真是“满坑满谷”，昆中北院大教室里里外外都是人。闻先生把自己在整张毛边纸上手绘的伏羲女娲图钉在黑板上，把相当繁琐的考证，讲得有声有色，非常吸引人。还有一堂“叫座”的课是罗庸（膺中）先生讲杜诗。罗先生上课，不带片纸。不但杜诗能背写在黑板上，连仇注都背出来。唐兰（立庵）先生讲课是另一种风格。他是教古文字学的，有一年忽然开了一门“词选”，不知道是没有人教，还是他自己感兴趣。他讲“词选”主要讲《花间集》（他自己一度也填词，极艳）。他讲词的方法是：不讲。有时只是用无锡腔调念（实是吟唱）一遍：“‘双鬓隔香红，玉钗头上风’——好！真好！”这首词就pass了。沈从文先生在联大开过三门课：“各体文习作”“创作实习”“中国小说史”，沈先生怎样教课，我已写了一篇《沈从文先生在西南联大》，发表在《人民文学》上，兹不赘。他讲创作的精义，只有一句“贴到人物来写”。听他的课需要举一隅而三隅反，否则就会觉得“不知所云”。

联大教授之间，一般是不互论长短的。你讲你的，我讲我的。

但有时放言月旦，也无所谓。比如唐立庵先生有一次在办公室当着一些讲师助教,就评论过两位教授,说一个“集穿凿附会之大成”、一个“集啰唆之大成”。他不考虑有人会去“传小话”，也没有考虑这两位教授会因此而发脾气。

西南联大中文系教授对学生的要求是不严格的。除了一些基础课，如文字学（陈梦家先生授）、声韵学（罗常培先生授）要按时听课,其余的,都较随便。比较严一点的是朱自清先生的“宋诗”。他一首一首地讲,要求学生记笔记,背,还要定期考试,小考,大考。有些课，也有考试，考试也就是那么回事。一般都只是学期终了，交一篇读书报告。联大中文系读书报告不重抄书，而重有无独创性的见解。有的可以说是怪论。有一个同学交了一篇关于李贺的报告给闻先生，说别人的诗都是在白地子上画画，李贺的诗是在黑地子上画画，所以颜色特别浓烈，大为闻先生激赏。有一个同学在杨振声先生教的“汉魏六朝诗选”课上，就“车轮生四角”这样的合乎情悖乎理的想象写了一篇很短的报告《方车轮》。就凭这份报告，在期终考试时，杨先生宣布该生可以免考。

联大教授大都很爱才。罗常培先生说过，他喜欢两种学生：一种，刻苦治学；一种，有才。他介绍一个学生到联大先修班去教书，叫学生拿了他的亲笔介绍信去找先修班主任李继侗先生。介绍信上写的是“……该生素具创作夙慧。……”一个同学根据另一个同学的一句新诗（题一张抽象派的画的）“愿殿堂毁塌于建成之先”填了一首词，作为“诗法”课的练习交给王了一先生，王先生的评语是：“自是君身有仙骨，剪裁妙处不须论。”具有“夙慧”，有“仙骨”，这种对于学生过甚其辞的评价，恐怕是不会出之于今天的大学教授的笔下的。

我在西南联大是一个不用功的学生，常不上课，但是乱七八糟看了不少书。有一个时期每天晚上到系图书馆去看书。有时只我一个人。中文系在新校舍的西北角，墙外是坟地，非常安静。在系里看书不用经过什么借书手续，架上的书可以随便抽下一本来看。而且可抽烟。有一天，我听到墙外有一派细乐的声音。半夜里怎么会有乐声，在坟地里？我确实是听见的，不是错觉。

我要不是读了西南联大，也许不会成为一个作家。至少不会成为一个像现在这样的作家。我也许会成为一个画家。如果考不取联大，我准备考当时也在昆明的国立艺专。

一九八八年

【赏析】

正在读这本书的你，可能还是一名中学生，你对大学生活有憧憬吗？你理想中的大学生活又是怎样的呢？读到闻一多讲课时抽烟，学生也可以抽，是不是觉得很不可思议？读到唐立庵讲“词选”的方法是“不讲”，也就是把词吟唱一遍，然后说：“好！真好！”就教完了，是不是觉得很神奇？读到汪曾祺在“西洋通史”课上交的地图作业评语竟然是：“阁下之地图美术价值甚高，科学价值全无。”这样也能过关，是不是觉得老师都挺随和的？

其实，这些教授都有真功夫，而且爱惜人才、不惜提携后辈。大家熟悉的闻一多可能是写新诗的闻一多，他后来转向研究古典文学。文中提到他讲唐诗，“不蹈袭前人一语”，而且还运用类似比较文学的方法来研习唐诗，将晚唐诗与后期印象派画作比较对读。在那个时代，这不是非常崭新的角度吗？罗庸讲杜甫诗，不带任何笔记，直接在黑板上背写杜诗，连仇兆鳌的《杜诗详注》也能背出来，这不是真功夫么？想想，现在的大学授课都用计算机，是不是真的进步了呢？西南联大中文系教授对学生的要求并不严格，只有少数课要考试，但也很随意，一般只要求期末交一篇读书报告即可。报告重视的是“创见”，文中提到汪曾祺有个同学就“车轮生四角”这句诗写了一篇很短的报告，就可以免考，现在可能这样吗？[①]教授在给学生写的介绍信或评语上用到“夙慧”“仙骨”这样的溢美之词，也真是今日难以想象！

汪曾祺滔滔不绝地讲述这些点点滴滴的时候，背后是有一种自豪感的。显然，他非常认同“民主、自由、开放”的学风。他自己当时就不是“用功”的学生，经常逃课。逃课去干吗呢？去看书，漫无目的地看书，每天晚上都泡在图书馆里。“西南联大”是可一不可再的。或许，动乱的时势反而给了师生一片自由天地。

这篇文章可以让我们反思大学教育为何物？大学教育的重点根本不在“教”或“考试”，而在“启发”。西南联大默许教学风格迥异的教授用自己的方式去教学，这样更加得心应手，学生自能从他们身上

① 这位同学据说就是汪曾祺自己。

得到启发，学到知识。自由的背后其实是自律，一个成熟的人不需要条条框框来约束自己，他心里自有一把尺，知道该往哪里走，不画地为牢更能启发人的潜力。《大一国文》有点像现在的通识课，通过阅读经典来塑造学生审美的心灵。汪曾祺就说自己做了作家，而且是个“京派”作家，与这本书密不可分。

跑警报

【题解】

《跑警报》是汪曾祺书写西南联大生活的另一个名篇，讲述当时人们躲避日本敌机轰炸的故事。文中简介警报的种类、逃跑路线、躲避轰炸的地点，以及跑警报时各式有趣人物。然而，这一切的描述都与我们对于战争的想象相去甚远，处处流露文人雅趣，幽默感十足，堪称一篇奇文。

【文本】

西南联大有一位历史系的教授，——听说是雷海宗先生，他开的一门课因为讲授多年，已经背得很熟，上课前无需准备；下课了，讲到哪里算哪里，他自己也不记得。每回上课，都要先问学生："我上次讲到哪里了？"然后就滔滔不绝地接着讲下去。班上有个女同学，笔记记得最详细，一句话不落，雷先生有一次问她：“我上一课最后说的是什么？”这位女同学打开笔记来，看了看，说：“你上次最后说：‘现在已经有空袭警报，我们下课。’”

这个故事说明昆明警报之多。我刚到昆明的头二年，一九三九、一九四〇年，三天两头有警报。有时每天都有，甚至一天有两次。昆明那时几乎说不上有空防力量，日本飞机想什么时候来就来。有时竟至在头一天广播：明天将有二十七架飞机来昆明轰炸。日本的空军指挥部还真言而有信，说来准来！

一有警报，别无他法，大家就都往郊外跑，叫做“跑警报”。“跑”和“警报”联在一起，构成一个语词，细想一下，是有些奇特的，因为所跑的并不是警报。这不像“跑马”“跑生意”那样通顺。但是大家就这么叫了，谁都懂，而且觉得很合适。也有叫“逃警报”或“躲警报”的，都不如“跑警报”准确。“躲”，太消极；“逃”又太狼狈。唯有这个“跑”字于紧张中透出从容，最有风度，也最能表达丰富生动的内容。

有一个姓马的同学最善于跑警报。他早起看天，只要是万里无云，不管有无警报，他就背了一壶水，带点吃的，夹着一卷温飞卿或李商隐的诗，向郊外走去。直到太阳偏西，估计日本飞机不会来了，才慢慢地回来。这样的人不多。

警报有三种。如果在四十多年前向人介绍警报有几种，会被认为有“神经病”，这是谁都知道的。然而对今天的青年，却是一项新的课题。一曰“预行警报”。

联大有一个姓侯的同学，原系航校学生，因为反应迟钝，被淘汰下来，读了联大的哲学心理系。此人对于航空旧情不忘，曾用黄色的“标语纸”贴出巨幅“广告”，举行学术报告，题曰《防空常识》。他不知道为什么对“警报”特别敏感。他正在听课，忽然跑了出去，站在“新校舍”的南北通道上，扯起嗓子大声喊叫：“现在有预行警报，五华山挂了三个红球！”可不！抬头望南一看，五华山果然挂起了三个很大的红球。五华山是昆明的制高点，红球挂出，全市皆见。我们一直很奇怪：他在教室里，正在听讲，怎么会“感觉”到五华山挂了红球呢？——教室的门窗并不都正对五华山。

一有预行警报，市里的人就开始向郊外移动。住在翠湖迤北的，多半出北门或大西门，出大西门的似尤多。大西门外，越过联大新校门前的公路，有一条由南向北的用浑圆的石块铺成的宽可五六尺的小路。这条路据说是驿道，一直可以通到滇西。路在山沟里。平常走的人不多。常见的是驮着盐巴、碗糖或其他货物的马帮走过。赶马的马锅头侧身坐在木鞍上，从齿缝里咝咝地吹出口哨（马锅头吹口哨都是这种吹法，没有撮唇而吹的），或低声唱着呈贡“调子”：

哥那个在至高山那个放呀放放牛，
妹那个在至花园那个梳那个梳梳头。
哥那个在至高山那个招呀招招手，
妹那个在至花园点那个点点头。

这些走长道的马锅头有他们的特殊装束。他们的短褂外都套了一件白色的羊皮背心，脑后挂着漆布的凉帽，脚下是一双厚牛皮底的草鞋状的凉鞋，鞋帮上大都绣了花，还钉着亮晶晶的“鬼眨眼”亮片。——这种鞋似只有马锅头穿，我没见从事别种行业的人穿过。马锅头押着马帮，从这条斜阳古道上走过，马项铃哗棱哗棱地响，很有点浪漫主义的味道，有时会引起远客的游子一点淡淡的乡愁……

有了预行警报，这条古驿道就热闹起来了。从不同方向来的人都涌向这里，形成了一条人河。走出一截，离市较远了，就分散到古道两旁的山野，各自寻找一个合适的地方待下来，心平气和地等着，——等空袭警报。

联大的学生见到预行警报，一般是不跑的，都要等听到空袭警报：汽笛声一短一长，才动身。新校舍北边围墙上有一个后门，出了门,过铁道（这条铁道不知起讫地点,从来也没见有火车通过），就是山野了。要走，完全来得及。——所以雷先生才会说：“现在已经有空袭警报。”只有预行警报，联大师生一般都是照常上课的。

跑警报大都没有准地点，漫山遍野。但人也有习惯性，跑惯了哪里，愿意上哪里。大多是找一个坟头，这样可以靠靠。昆明的坟多有碑，碑上除了刻下坟主的名讳，还刻出“× 山 × 向”，并开出坟茔的“四至”。这风俗我在别处还未见过。这大概也是一种古风。

说是漫山遍野，但也有几个比较集中的“点”。古驿道的一侧，靠近语言研究所数据馆不远，有一片马尾松林，就是一个点。

这地方除了离学校近，有一片碧绿的马尾松，树下一层厚厚的干了的松毛，很软和，空气好，——马尾松挥发出很重的松脂气味，晒着从松枝间漏下的阳光，或仰面看松树上面蓝得要滴下来的天空，都极舒适外，是因为这里还可以买到各种零吃。昆明做小买卖的，有了警报，就把担子挑到郊外来了。五味俱全，什么都有。最常见的是“丁丁糖”。“丁丁糖”即麦芽糖，也就是北京人祭灶用的关东糖，不过做成一个直径一尺多，厚可一寸许的大糖饼，放在四方的木盘上，有人掏钱要买，糖贩即用一个刨刃形的铁片楔入糖边，然后用一个小小的铁锤，一击铁片，丁的一声，一块糖就震裂下来了，——所以叫做“丁丁糖”。其次是炒松子。昆明松子极多，个大皮薄仁饱，很香，也很便宜。我们有时能在松树下面捡到一个很大的成熟了的生的松球，就掰开鳞瓣，一颗一颗地吃起来。——那时候，我们的牙都很好，那么硬的松子壳，一嗑就开了！

另一集中点比较远，得沿古驿道走出四五里，驿道右侧较高的土山上有一横断的山沟（大概是哪一年地震造成的），沟深约三丈，沟口有二丈多宽，沟底也宽有六七尺。这是一个很好的天然防空沟，日本飞机若是投弹，只要不是直接命中，落在沟里，即便是在沟顶上爆炸，弹片也不易蹦进来。机枪扫射也不要紧，沟的两壁是死角。这道沟可以容数百人。有人常到这里,就利用闲空，在沟壁上修了一些私人专用的防空洞，大小不等，形式不一。这些防空洞不仅表面光洁，有的还用碎石子或碎瓷片嵌出图案，缀成对联。对联大都有新意。我至今记得两副，一副是：

人生几何
恋爱三角

一副是：

见机而作
入土为安

对联的嵌缀者的闲情逸致是很可叫人佩服的。前一副也许是有感而发，后一副却是记实。

警报有三种。预行警报大概是表示日本飞机已经起飞。拉空袭警报大概是表示日本飞机进入云南省境了，但是进云南省不一定到昆明来。等到汽笛拉了紧急警报：连续短音，这才可以肯定是朝昆明来的。空袭警报到紧急警报之间，有时要间隔很长时间，所以到了这里的人都不忙下沟，——沟里没有太阳，而且过早地像云岗石佛似的坐在洞里也很无聊，——大都先在沟上看书、闲聊、打桥牌。很多人听到紧急警报还不动，因为紧急警报后日本飞机也不定准来，常常是折飞到别处去了。要一直等到看见飞机的影子了，这才一骨碌站起来，下沟，进洞。联大的学生，以及住在昆明的人，对跑警报太有经验了，从来不仓皇失措。

上举的前一幅对联或许是一种泛泛的感慨，但也是有现实意义的。跑警报是谈恋爱的机会。联大同学跑警报时，成双作对的很多。空袭警报一响，男的就在新校舍的路边等着，有时还提着一袋点心吃食，宝珠梨、花生米……他等的女同学来了，“嗨！”于是欣然并肩走出新校舍的后门。跑警报说不上是同生死，共患难，但隐隐约约有那么一点危险感，和看电影、溜翠湖时不同。这一点危险使两方的关系更加亲近了。女同学乐于有人伺候，男同学也正好殷勤照顾，表现一点骑士风度。正如孙悟空在高老庄所说：“一来医得眼好，二来又照顾了郎中，这是凑四合六的买卖。”从这点来说，跑警报是颇为罗曼蒂克的。有恋爱，就有三角，有失恋。跑警报的“对儿”并非总是固定的，有时一方被另一方“甩”了，两人“吹”了，“对儿”就要重新组合。写（姑且叫做“写”吧）那副对联的，大概就是一位被“甩”的男同学。不过，也不一定。

警报时间有时很长，长达两三个小时，也很“腻歪”。紧急警报后，日本飞机轰炸已毕，人们就轻松下来。不一会，“解除警报”响了：汽笛拉长音，大家就起身拍拍尘土，络绎不绝地返回市里。也有时不等解除警报，很多人就往回走：天上起了乌云，要下雨了。一下雨，日本飞机不会来。在野地里被雨淋湿，可不是事！一有雨，我们有一个同学一定是一马当先往回奔，就是前面所说那位报告预行警报的姓侯的。他奔回新校舍，到各个宿舍搜罗了很多雨伞，放在新校舍的后门外，见有女同学来，就递过一把。他怕这些女同学挨淋。这位侯同学长得五大三粗，却有一副贾宝玉的心肠。大概是上了吴雨僧先生的《红楼梦》的课，受了影响。侯兄送伞，已成定例。警报下雨，一次不落。名闻全校，贵在有恒。——这些伞，等雨住后他还会到南院女生宿舍去敛回来，再归还原主的。

跑警报，大都要把一点值钱的东西带在身边。最方便的是金子,——金戒指。有一位哲学系的研究生曾经作了这样的逻辑推理:有人带金子,必有人会丢掉金子,有人丢金子,就会有人捡到金子,我是人,故我可以捡到金子。因此,跑警报时,特别是解除警报以后,他每次都很留心地巡视路面。他当真两次捡到过金戒指!逻辑推理有此妙用,大概是教逻辑学的金岳霖先生所未料到的。

联大师生跑警报时没有什么可带,因为身无长物,一般大都是带两本书或一册论文的草稿。有一位研究印度哲学的金先生每次跑警报总要提了一只很小的手提箱。箱子里不是什么别的东西,是一个女朋友写给他的信——情书。他把这些情书视如性命,有时也会拿出一两封来给别人看。没有什么不能看的,因为没有卿卿我我的肉麻的话,只是一个聪明女人对生活的感受,文字很俏皮,充满了英国式的机智,是一些很漂亮的 essay,字也很秀气。这些信实在是可以拿来出版的。金先生辛辛苦苦地保存了多年,现在大概也不知去向了,可惜。我看过这个女人的照片,人长得就像她写的那些信。

联大同学也有不跑警报的,据我所知,就有两人。一个是女同学,姓罗,一有警报,她就洗头。别人都走了,锅炉房的热水没人用,她可以敞开来洗,要多少水有多少水!另一个是一位广东同学,姓郑。他爱吃莲子。一有警报,他就用一个大漱口缸到锅炉火口上去煮莲子。警报解除了,他的莲子也烂了。有一次日本飞机炸了联大,昆中北院、南院,都落了炸弹,这位老兄听着炸弹乒乒乓乓在不远的地方爆炸,依然在新校舍大图书馆旁的锅炉上神色不动地搅和他的冰糖莲子。

抗战期间，昆明有过多少次警报，日本飞机来过多少次，无法统计。自然也死了一些人，毁了一些房屋。就我的记忆，大东门外，有一次日本飞机机枪扫射，田地里死的人较多。大西门外小树林里曾炸死了好几匹驮木柴的马。此外似无较大伤亡。警报、轰炸，并没有使人产生血肉横飞，一片焦土的印象。

日本人派飞机来轰炸昆明，其实没有什么实际的军事意义，用意不过是吓唬吓唬昆明人，施加威胁，使人产生恐惧。他们不知道中国人的心理是有很大的弹性的，不那么容易被吓得魂不附体。我们这个民族，长期以来，生于忧患，已经很“皮实”了，对于任何猝然而来的灾难，都用一种“儒道互补”的精神对待之。这种“儒道互补”的真髓，即“不在乎”。这种“不在乎”精神，是永远征不服的。

为了反映“不在乎”，作《跑警报》。

一九八四年十二月六日

载一九八五年第三期《滇池》

【赏析】

《跑警报》是一篇奇文，颠覆了我们对于战争的想象。一九三七至一九四五年是抗战八年，其间日本飞机不时空袭中国各个城市，昆明也不例外。汪曾祺就读西南联大时，亲身经历了这样的场面。我们没有经历过战争，对战争的认识可能来自书本和电影。在电影里，经常看到人们听到警报声或者轰轰的飞机声，便慌忙逃跑，躲进防空洞，或者迎来一幕幕血肉横飞、硝烟弥漫的画面。可是，这篇文章没有营造恐惧感，更没有血腥场面，而是以幽默的语气解释“跑警报”的各种典故，描写跑警报时从容不迫的同学，以及等待轰炸期间的闲情逸致。

文章开篇就有奇思，写一个记笔记特别详细的女同学，居然把教授说“空袭警报，我们下课”的话也记下来。然后就是各式人物轮流出场：马姓同学看天气好，就背上一壶水，带点儿吃的，夹着温庭筠或李商隐的诗走向郊外；对警报特别敏感的侯姓同学坐在教室里，也能感应到警报的到来，下雨时还给女同学送伞；跑警报成了谈恋爱的机会，男生捎来花生米、宝珠梨在校舍外等女朋友一起逃跑，这点危险反使双方关系更加亲近；哲学系的一位研究生通过自己的逻辑推理在逃跑的路上捡到金戒指；还有提着一箱子情书跑警报的金先生……更奇特的是居然有人不跑警报：一位罗姓的女同学就利用这个机会舒舒服服地洗头，想用多少热水都行；郑姓的广东同学则趁着宿舍没人煮莲子，炸弹在不远处乒乒乓乓地响，他却神色不动地搅和他的冰糖莲子，听说这一段情节被拍进电影《无问西东》。

这些西南联大的师生跑到郊外后，先是“寻找一个合适的地方待下来，心平气和地等着”，或者“找一个坟头，这样可以靠靠”。然后，城里做小买卖的把担子挑到郊外来，大家抢着买丁丁糖、炒松子……好不热闹。躲在山沟里的人呢，就利用闲空修了一些私人专用的防空洞。“这些防空洞不仅表面光洁，有的还用碎石子或碎瓷片嵌出图案，缀成对联。”山沟上的人则在看书、闲聊、打桥牌。

这是真的吗？大家会不会发出这样的疑惑呢？这可是生命攸关的危险时刻啊！汪曾祺这位叙述者也是跑警报的其中一员，他在干吗呢？他在古驿道上看马帮，听马锅头低声唱山歌，看他们特殊的装束，并且引起他这位远方的游子淡淡的乡愁；他在研究坟碑上的文字与作法；他在闻马尾松发出的松脂气味，晒着松枝间漏下的阳光；他在吃炒松子，想着丁丁糖为什么叫“丁丁糖”……

是的，当时的情况确实是这样，只要多看几篇当时人写的文章，诸如施蛰存的《跑警报》（一九三九）、费孝通的《疏散——教授生活之一章》（一九四〇），就会明白中国人如何“皮实”，如何“不在乎”。你可以说他们麻木，但这何尝不是一种智慧和勇气呢？

泡茶馆

【题解】

此篇是这本选集里最后一篇关于西南联大的篇章。前两篇分别讲了西南联大中文系和跑警报的情况，这篇则讲联大学生的日常生活。原来除了上课，学生大部分时间都在“泡茶馆”，乍听之下以为学生不务正业、游手好闲，直到文末才知道学生泡茶馆其实是因为物质条件太匮乏，连安身之所都没有，茶馆遂成了家、书斋。他们在这里联谊、看书、写报告、答考卷，养其浩然之气。

【文本】

“泡茶馆”是联大学生特有的语言。本地原来似无此说法，本地人只说“坐茶馆”。“泡”是北京话。其含义很难准确地解释清楚。勉强解释，只能说是持续长久地沉浸其中，像泡泡菜似的泡在里面。

“泡蘑菇”“穷泡”，都有长久的意思。北京的学生把北京的“泡”字带到了昆明，和现实生活结合起来，便创造出一个新的语汇。“泡茶馆”，即长时间地在茶馆里坐着。本地的“坐茶馆”也含有时间较长的意思。到茶馆里去，首先是坐，其次才是喝茶（云南叫吃茶）。不过联大的学生在茶馆里坐的时间往往比本地人长，长得多，故谓之“泡”。

有一个姓陆的同学，是一怪人，曾经骑自行车旅行半个中国。这人真是一个泡茶馆的冠军。他有一个时期，整天在一家熟悉的茶馆里泡着。他的盥洗用具就放在这家茶馆里。一起来就到茶馆里去洗脸刷牙，然后坐下来，泡一碗茶，吃两个烧饼，看书。一直到中午，起身出去吃午饭。吃了饭，又是一碗茶，直到吃晚饭。晚饭后，又是一碗，直到街上灯火阑珊，才挟着一本很厚的书回宿舍睡觉。

昆明的茶馆共分几类，我不知道。大别起来，只能分为两类，一类是大茶馆，一类是小茶馆。

正义路原先有一家很大的茶馆，楼上楼下，有几十张桌子。都是荸荠紫漆的八仙桌，很鲜亮。因为在热闹地区，坐客常满，人声嘈杂。所有的柱子上都贴着一张很醒目的字条：“莫谈国事”。时常进来一个看相的术士，一手捧一个六寸来高的硬纸片，上书该术士的大名（只能叫做大名，因为往往不带姓，不能叫“姓名”；又不能叫“法名”“艺名”，因为他并未出家，也不唱戏），一只手捏着一根纸媒子，在茶桌间绕来绕去，嘴里念说着“送看手相不要钱！”“送看手相不要钱！”——他手里这根媒子即是看手相时用来指示手纹的。

这种大茶馆有时唱围鼓。围鼓即由演员或票友清唱。我很喜欢“围鼓”这个词。唱围鼓的演员、票友好像不是取报酬的。只是一群有同好的闲人聚拢来唱着玩。但茶馆却可借来招揽顾客，所以茶馆便于闹市张贴告条：“某月日围鼓”。到这样的茶馆里来一边听围鼓，一边吃茶，也就叫做“吃围鼓茶”。“围鼓”这个词大概是从四川来的，但昆明的围鼓似多唱滇剧。我在昆明七年，对滇剧始终没有入门。只记得不知什么戏里有一句唱词“孤王头上长青苔”。孤王的头上如何会长青苔呢？这个设想实在是奇，因此一听就永不能忘。

我要说的不是那种“大茶馆”。这类大茶馆我很少涉足，而且有些大茶馆，包括正义路那家兴隆鼎盛的大茶馆，后来大都陆续停闭了。我所说的是联大附近的茶馆。

从西南联大新校舍出来，有两条街，凤翥街和文林街，都不长。这两条街上至少有不下十家茶馆。

从联大新校舍，往东，折向南，进一座砖砌的小牌楼式的街门，便是凤翥街。街夹右手第一家便是一家茶馆。这是一家小茶馆，只有三张茶桌，而且大小不等，形状不一的茶具也是比较粗糙的，随意画了几笔蓝花的盖碗。除了卖茶，檐下挂着大串大串的草鞋和地瓜（即湖南人所谓的凉薯），这也是卖的。张罗茶座的是一个女人。这女人长得很强壮，皮色也颇白净。她生了好些孩子。身边常有两个孩子围着她转，手里还抱着一个孩子。她经常敞着怀，一边奶着那个早该断奶的孩子，一边为客人冲茶。她的丈夫，比她大得多，状如猿猴，而目光锐利如鹰。他什么事情也不管,但是每天下午却捧了一个大碗喝牛奶。这个男人是一头种畜。这情况使我们颇为不解。这个白皙强壮的妇人,只凭一天卖几碗茶，卖一点草鞋、地瓜，怎么能喂饱了这么多张嘴，还能供应一个懒惰的丈夫每天喝牛奶呢？怪事！中国的妇女似乎有一种天授的惊人的耐力，多大的负担也压不垮。

由这家往前走几步，斜对面，曾经开过一家专门招徕大学生的新式茶馆。这家茶馆的桌椅都是新打的，涂了黑漆。堂倌系着白围裙。卖茶用细白瓷壶,不用盖碗(昆明茶馆卖茶一般都用盖碗)。除了清茶，还卖沱茶、香片、龙井。本地茶客从门外过，伸头看看这茶馆的局面，再看看里面坐得满满的大学生，就会挪步另走一家了。这家茶馆没有什么值得一记的事，而且开了不久就关了。联大学生至今还记得这家茶馆是因为隔壁有一家卖花生米的。这家似乎没有男人，站柜卖货是姑嫂两人，都还年轻，成天涂脂抹粉。尤其是那个小姑子，见人走过，辄作媚笑。联大学生叫她花生西施。这西施卖花生米是看人行事的。好看的来买，就给得多。难看的给得少。因此我们每次买花生米都推选一个挺拔英俊的“小生”去。

再往前几步，路东，是一个绍兴人开的茶馆。这位绍兴老板不知怎么会跑到昆明来，又不知为什么在这条小小的凤翥街上来开一爿茶馆。他至今乡音未改。大概他有一种独在异乡为异客的情绪，所以对待从外地来的联大学生异常亲热。他这茶馆里除了卖清茶，还卖一点芙蓉糕、萨其玛、月饼、桃酥，都装在一个玻璃匣子里。我们有时觉得肚子里有点缺空而又不到吃饭的时候，便到他这里一边喝茶一边吃两块点心。有一个善于吹口琴的姓王的同学经常在绍兴人茶馆喝茶。他喝茶，可以欠账。不但喝茶可以欠账，我们有时想看电影而没有钱，就由这位口琴专家出面向绍兴老板借一点。绍兴老板每次都是欣然地打开钱柜，拿出我们需要的数目。我们于是欢欣鼓舞，兴高采烈，迈开大步，直奔南屏电影院。

再往前，走过十来家店铺，便是凤翥街口，路东路西各有一家茶馆。

路东一家较小，很干净，茶桌不多。掌柜的是个瘦瘦的男人，有几个孩子。掌柜的事情多，为客人冲茶续水，大都由一个十三四岁的大儿子担任，我们称他这个儿子为“主任儿子”。街西那家又脏又乱，地面坑洼不平，一地的烟头、火柴棍、瓜子皮。茶桌也是七大八小，摇摇晃晃，但是生意却特别好。从早到晚，人坐得满满的。也许是因为风水好。这家茶馆正在凤翥街和龙翔街交接处，门面一边对着凤翥街，一边对着龙翔街，坐在茶馆，两条街上的热闹都看得见。到这家吃茶的全部是本地人，本街的闲人、赶马的“马锅头”、卖柴的、卖菜的。他们都抽叶子烟。要了茶以后，便从怀里掏出一个烟盒——圆形，皮制的，外面涂着一层黑漆，打开来，揭开覆盖着的菜叶，拿出剪好的金堂叶子，一枝一枝地卷起来。茶馆的墙壁上张贴、涂抹得乱七八糟。但我却于西墙上发现了一首诗，一首真正的诗：

记得旧时好，

跟随爹爹去吃茶。
门前磨螺壳，
巷口弄泥沙。

是用墨笔题写在墙上的。这使我大为惊异了。这是什么人写的呢？

每天下午，有一个盲人到这家茶馆来说唱。他打着扬琴，说唱着。照现在的说法，这应是一种曲艺，但这种曲艺该叫什么名称，我一直没有打听着。我问过“主任儿子”，他说是“唱扬琴的”，我想不是。他唱的是什么？我有一次特意站下来听了一会儿，是：

……
良田美地卖了，
高楼大厦拆了，
娇妻美妾跑了，
狐皮袍子当了……

我想了想，哦，这是一首劝戒鸦片的歌，他这唱的是鸦片烟之为害。这是什么时候传下来的呢？说不定是林则徐时代某一忧国之士的作品。但是这个盲人只管唱他的，茶客们似乎都没有在听，他们仍然在说话，各人想自己的心事。到了天黑，这个盲人背着扬琴，点着马杆，踽踽地走回家去。我常常想：他今天能吃饱么？

进大西门，是文林街，挨着城门口就是一家茶馆。这是一家最无趣味的茶馆。茶馆墙上的镜框里装的是美国电影明星的照片，蓓蒂·黛维丝、奥丽薇·德·哈茀兰、克拉克·盖博、泰伦宝华……除了卖茶，还卖咖啡、可可。这家的特点是：进进出出的除了穿西服和麂皮夹克的比较有钱的男同学外，还有把头发卷成一根一根香肠似的女同学。有时到了星期六，还开舞会。茶馆的门关了，从里面传出《蓝色的多瑙河》和《风流寡妇》舞曲，里面正在“嘣嚓嚓”。

和这家斜对着的一家，跟这家截然不同。这家茶馆除卖茶，还卖煎血肠。这种血肠是牦牛肠子灌的，煎起来一街都闻见一种极其强烈的气味，说不清是异香还是奇臭。这种西藏食品，那些把头发卷成香肠一样的女同学是绝对不敢问津的。

由这两家茶馆往东，不远几步，面南便可折向钱局街。街上有一家老式的茶馆，楼上楼下，茶座不少。说这家茶馆是“老式”的，是因为茶馆备有烟筒，可以租用。一段青竹，旁安一个粗如小指半尺长的竹管，一头装一个带爪的莲蓬嘴，这便是“烟筒”。在莲蓬嘴里装了烟丝，点以纸媒，把整个嘴埋在筒口内，尽力猛吸，筒内的水咚咚作响，浓烟便直灌肺腑，顿时觉得浑身通泰。吸烟筒要有点功夫，不会吸的吸不出烟来。茶馆的烟筒比家用的粗得多，高齐桌面，吸完就靠在桌腿边，吸时尤需底气充足。这家茶馆门前，有一个小摊，卖酸角（不知什么树上结的，形状有点像皂荚，极酸，入口使人攒眉）、拐枣（也是树上结的，应该算是果子，状如鸡爪，一疙瘩一疙瘩的，有的地方即叫做鸡脚爪，味道很怪，像红糖，又有点像甘草）和泡梨（糖梨泡在盐水里，梨味本是酸甜的，昆明人却偏于盐水内泡而食之。泡梨仍有梨香，而梨肉极脆嫩）。过了春节则有人于门前卖葛根。葛根是药，我过去只在中药铺见过，切成四方的棋子块儿，是已经经过加工的了，原物是什么样子，我是在昆明才见到的。这种东西可以当零食来吃，我也是在昆明才知道。一截葛根，粗如手臂，横放在一块板上，外包一块湿布。给很少的钱，卖葛根的便操起有点像北京切涮羊肉的肉片用的那种薄刃长刀，切下薄薄的几片给你。雪白的。嚼起来有点像干瓤的生白薯片，而有极重的药味。据说葛根能清火。联大的同学大概很少人吃过葛根。我是什么奇奇怪怪的东西都要买一点尝一尝的。

大学二年级那一年，我和两个外文系的同学经常一早就坐在这家茶馆靠窗的一张桌边，各自看自己的书，有时整整坐一上午，彼此不交语。我这时才开始写作，我的最初几篇小说，即是在这家茶馆里写的。茶馆离翠湖很近，从翠湖吹来的风里，时时带有水浮莲的气味。

回到文林街。文林街中，正对府甬道，后来新开了一家茶馆。这家茶馆的特点一是卖茶用玻璃杯，不用盖碗，也不用壶。不卖清茶，卖绿茶和红茶。红茶色如玫瑰，绿茶苦如猪胆。第二是茶桌较少，且覆有玻璃桌面。在这样桌子上打桥牌实在是再适合不过了，因此到这家茶馆来喝茶的，大都是来打桥牌的，这茶馆实在是一个桥牌俱乐部。联大打桥牌之风很盛。有一个姓马的同学每天到这里打桥牌。解放后，我才知道他是老地下党员，昆明学生运动的领导人之一。学生运动搞得那样热火朝天，他每天都只是很闲在，很热衷地在打桥牌，谁也看不出他和学生运动有什么关系。

文林街的东头，有一家茶馆，是一个广东人开的，字号就叫“广发茶社”——昆明的茶馆我记得字号的只有这一家，原因之一，是我后来住在民强巷,离广发很近,经常到这家去。原因之二是——经常聚在这家茶馆里的，有几个助教、研究生和高年级的学生。这些人多多少少有一点玩世不恭。那时联大同学常组织什么学会，我们对这些俨乎其然的学会微存嘲讽之意。有一天，广发的茶友之一说：“咱们这也是一个学会，——广发学会！”这本是一句茶余的笑话。不料广发的茶友之一，解放后，在一次运动中被整得不可开交，胡乱交代问题，说他曾参加过“广发学会”。这就惹下了麻烦。几次有人专程到北京来外调“广发学会”问题。被调查的人心里想笑,又笑不出来,因为来外调的政工人员态度非常严肃。广发茶馆代卖广东点心。所谓广东点心，其实只是包了不同味道的甜馅的小小的酥饼，面上却一律贴了几片香菜叶子，这大概是这一家饼师的特有的手艺。我在别处吃过广东点心，就没有见过面上贴有香菜叶子的——至少不是每一块都贴。

或问：泡茶馆对联大学生有些什么影响？答曰：第一，可以养其浩然之气。联大的学生自然也是贤愚不等，但多数是比较正派的。那是一个污浊而混乱的时代，学生生活又穷困得近乎潦倒，但是很多人却能自许清高，鄙视庸俗，并能保持绿意葱茏的幽默感，用来对付恶浊和穷困，并不颓丧灰心，这跟泡茶馆是有些关系的。第二，茶馆出人才。联大学生上茶馆，并不是穷泡，除了瞎聊，大部分时间都是用来读书的。联大图书馆座位不多，宿舍里没有桌凳，看书多半在茶馆里。联大同学上茶馆很少不挟着一本乃至几本书的。不少人的论文、读书报告，都是在茶馆写的。有一年一位姓石的讲师的《哲学概论》期终考试，我就是把考卷拿到茶馆里去答好了再交上去的。联大八年，出了很多人才。研究联大校史，搞“人才学”，不能不了解了解联大附近的茶馆。第三，泡茶馆可以接触社会。我对各种各样的人、各种各样的生活都发生兴趣，都想了解了解，跟泡茶馆有一定关系。如果我现在还算一个写小说的人，那么我这个小说家是在昆明的茶馆里泡出来的。

一九八四年五月十三日

载一九八四年第九期《滇池》

【赏析】

读完此篇，不禁惊叹汪曾祺记性真好！此文写于一九八四年，记的是四十多年前的生活，作家却能如数家珍般描写昆明大大小小的茶馆。略述何谓“大茶馆”后就直奔主题，前后写了十家小茶馆。如果你见过汪曾祺年轻时候的照片，你会看见一个长得黝黑、聪明慧黠的小伙子穿越在这些小茶馆里。他就像一位导游，领着读者从凤翥街出发，再拐进文林街，给我们介绍各式各样的小茶馆。从茶馆的老板、堂倌（服务员）、顾客，到装潢摆设、茶具款式、茶及小吃的种类，以至茶馆门外的小买卖，都一一讲给我们听。然后，撷取跟这些茶馆相关的最有代表性或最有趣味的轶事，跟你细诉一番。

虽然时代已远，虽然不能亲临其境，我们还是看见了，并且与他一起重温了这段自由不羁、快乐无比的岁月。“年轻”是相似的，大家读到他们推选挺拔英俊的同学去向“花生西施”买花生米，有没有会心微笑？读到他们想看电影没钱，就让口琴专家出面向绍兴老板借钱，有没有觉得似曾相识？读到他讥讽富贵的女同学把头发卷成一根一根香肠，有没有觉得很痛快？（此处颇有几分钱钟书的讥讽味道）

看到汪曾祺不厌其烦“研究”葛根，还买来试试，又说自己什么奇奇怪怪的东西都要买一点尝尝。我心里说：“我也是。”当他惊叹茶馆墙上留下的短诗：“记得旧时好，跟随爹爹去吃茶。门前磨螺壳，巷口弄泥沙。”[①]我也在心里叫好。读到汪曾祺看着说唱的盲人踽踽远去的背影，想着：“他今天能吃饱么？”我很感动。或许，喜欢写作的人对生活都比较敏感。读这篇文章可以知道一位作家是如何形成的，更准确地说，一位爱好民俗文化的人道主义作家是如何形成的？记性好固然重要，但还得有观察力，有同情心，并对生活充满好奇之心。

同时，我们要注意文章表面写得很轻快，底子却有几分辛酸。为什么学生老泡茶馆？文末轻描淡写：“联大图书馆座位不多，宿舍里没有桌凳，看书多半在茶馆里。”原来是这样，宿舍居然没有桌凳！

---

① 这首诗其实并非茶客原创，而是出于明代大儒陈献章（一四二八至一五〇〇）《记得旧时好》第一节，原诗为：“记得旧时好，跟随阿娘去吃茶。门前磨螺壳，巷口弄泥沙。而今人长大，心事乱如麻。”

难怪有陆同学这样的怪人，把茶馆当作家，在茶馆里刷牙洗脸。同是西南联大毕业的何兆武对此有所补充：

> 西南联大时候，吃也差、穿也差、住也差。一间茅草棚，上、下通铺住四十人，颇有点类似我们七十年代五七干校的宿舍。由于生活不安定，有的人休学，个别有点钱的在外边自己租间小房子住。还有的根本就在外边工作，比如在外县教书，到考试的时候才回来。宿舍里往往住不满，但也有二三十人，很挤。我同宿舍里有一位，那是后来有了名的作家，叫汪曾祺。他和我同级，年纪差不多，当时都十八九岁，只能算是小青年。可那时候他头发留得很长，穿一件破旧的蓝布长衫，扣子只扣两个，趿拉着一双布鞋不提后跟，经常说笑话，还抽烟，很颓废的那种样子，完全是中国旧知识分子的派头。……[①]

汪老在同学眼里竟是这样破破烂烂、颓废不振的样子。然而，我们读这篇文章，完全没有龌龊之感，可见他果然一身“浩然之气”。汪曾祺在茶馆里看书、写小说，终成知名作家。难怪他说：“如果我现在还算一个写小说的人，那么我这个小说家是在昆明的茶馆里泡出来的。”

---

① 何兆武：《西南联大为什么能成为世界一流？两个字：自由》，载《近现代史研究通讯》，2018 年 2 月 10 日。

五　味

【题解】

汪曾祺写过不少谈吃的文章，甚至考察蔬菜的源流，所以赢得一个他自己不怎么喜欢的“美食家”的称号。但他所好的不过是萝卜、豆腐、苦瓜、咸菜这样的家常便菜，写吃又不单单是写吃，文字之间还有故事、感受、讥讽，以至于人生哲理，所以汪老的本行还是作家。这篇《五味》是汪曾祺谈吃散文的代表作，短短一千多字，写尽中国各地口味之杂，语言质朴细腻，处处流露作者对生活的热爱。

【文本】

山西人真能吃醋！几个山西人在北京下饭馆，坐定之后，还没有点菜，先把醋瓶子拿过来，每人喝了三调羹醋。邻坐的客人直瞪眼。有一年我到太原去，快过春节了。别处过春节，都供应一点好酒，太原的油盐店却都贴出一个条子：“供应老陈醋，每户一斤。”这在山西人是大事。

山西人还爱吃酸菜，雁北尤甚。什么都拿来酸，除了萝卜白菜，还包括杨树叶子，榆树钱儿。有人来给姑娘说亲，当妈的先问，那家有几口酸菜缸。酸菜缸多，说明家底子厚。

辽宁人爱吃酸菜白肉火锅。

北京人吃羊肉酸菜汤下杂面。

福建人、广西人爱吃酸笋。我和贾平凹在南宁，不爱吃招待所的饭，到外面瞎吃。平凹一进门，就叫：“老友面！”“老友面”者，酸笋肉丝氽汤下面也，不知道为什么叫做：“老友”。

傣族人也爱吃酸。酸笋炖鸡是名菜。

延庆山里夏天爱吃酸饭。把好好的饭焐酸了，用井泼凉水一和，呼呼地就下去了三碗。

都说苏州菜甜，其实苏州菜只是淡，真正甜的是无锡。无锡炒鳝糊放那么多糖！包子的肉馅里也放很多糖，没法吃！

四川夹沙肉用大片肥猪肉夹了洗沙蒸，广西芋头扣肉用大片肥猪肉夹芋泥蒸，都极甜，很好吃，但我最多只能吃两片。

广东人爱吃甜食。昆明金碧路有一家广东人开的甜品店，卖芝麻糊、绿豆沙，广东同学趋之若鹜。“番薯糖水”即用白薯切块熬的汤，这有什么好喝的呢？广东同学曰：“好嘢！”

北方人不是不爱吃甜，只是过去糖难得。我家曾有老保姆，正定乡下人，六十多岁了。她还有个婆婆，八十几了。她有一次要回乡探亲，临行称了两斤白糖，说她的婆婆就爱喝个白糖水。

北京人很保守，过去不知苦瓜为何物，近年有人学会吃了。菜农也有种的了。农贸市场上有很好的苦瓜卖，属于“细菜”，价颇昂。

北京人过去不吃蕹菜，不吃木耳菜，近年也有人爱吃了。

北京人在口味上开放了！

北京人过去就知道吃大白菜。由此可见，大白菜主义是可以被打倒的。

北方人初春吃苣荬菜。苣荬菜分甜荬、苦荬，苦荬相当的苦。

有一个贵州的年轻女演员上我们剧团学戏，她的妈妈不远迢迢给她寄来一包东西，是“择耳根”，或名“则尔根”，即鱼腥草。她让我尝了几根。这是什么东西？苦，倒不要紧，它有一股强烈的生鱼腥味，实在招架不了！

剧团有一干部，是写字幕的，有时也管杂务。此人是个吃辣的专家。他每天中午饭不吃菜，吃辣椒下饭。全国各地的，少数民族的，各种辣椒，他都千方百计地弄来吃，剧团到上海演出，他帮助搞伙食，这下好，不会缺辣椒吃。原以为上海辣椒不好买，他下车第二天就找到一家专卖各种辣椒的铺子。上海人有一些是能吃辣的。

我的吃辣是在昆明练出来的，曾跟几个贵州同学在一起用青辣椒在火上烧烧，蘸盐水下酒。平生所吃辣椒之多矣，什么朝天椒、野山椒，都不在话下。我吃过最辣的辣椒是在越南。一九四七年，由越南转道往上海，在海防街头吃牛肉粉，牛肉极嫩，汤极鲜，辣椒极辣，一碗汤粉，放三四丝辣椒就辣得不行。这种辣椒的颜色是桔黄色的。在川北，听说有一种辣椒本身不能吃，用一根线吊在灶上，汤做得了，把辣椒在汤里涮涮，就辣得不得了。云南佧佤族有一种辣椒，叫“涮涮辣”，与川北吊在灶上的辣椒大概不相上下。

四川不能说是最能吃辣的省份，川菜的特点是辣且麻，——搁很多花椒。四川的小面馆的墙壁上黑漆大书三个字：麻辣烫。麻婆豆腐、干煸牛肉丝、棒棒鸡；不放花椒不行。花椒得是川椒，捣碎，菜做好了，最后再放。

周作人说他的家乡整年吃咸极了的咸菜和咸极了的咸鱼，浙东人确实吃得很咸。有个同学，是台州人，到铺子里吃包子，掰开包子就往里倒酱油。口味的咸淡和地域是有关系的。北京人说南甜北咸东辣西酸，大体不错。河北，东北人口重，福建菜多很淡。但这与个人的性格习惯也有关。湖北菜并不咸，但闻一多先生却嫌云南蒙自的菜太淡。

中国人过去对吃盐很讲究，如桃花盐、水晶盐，“吴盐胜雪”，现在则全国都吃再制精盐。只有四川人腌咸菜还坚持用自贡产的井盐。

我不知道世界上还有什么国家的人爱吃臭。

过去上海、南京、汉口都卖油炸臭豆腐干。长沙火宫殿的臭豆腐因为一个大人物年轻时常吃而出名。这位大人物后来还去吃过，说了一句话："火宫殿的臭豆腐还是好吃。""文化大革命"中火宫殿的影壁上就出现了两行大字：

最高指示：

火宫殿的臭豆腐还是好吃。

我们一个同志到南京出差，他的爱人是南京人，嘱咐他带一点臭豆腐干回来。他千方百计，居然办到了。带到火车上，引起一车厢的人强烈抗议。

除豆腐干外,面筋、百叶（千张）皆可臭。蔬菜里的莴苣、冬瓜、豇豆皆可臭。冬笋的老根咬不动,切下来随手就扔进臭坛子里。——我们那里很多人家都有个臭坛子，一坛子"臭卤"。腌芥菜挤下的汁放几天即成"臭卤"。臭物中最特殊的是臭苋菜杆。苋菜长老了，主茎可粗如拇指，高三四尺，截成二寸许小段，入臭坛。臭熟后，外皮是硬的，里面的芯成果冻状。噙住一头，一吸，芯肉即入口中。这是佐粥的无上妙品。我们那里叫做"苋菜秸子",湖南人谓之"苋菜咕"，因为吸起来"咕"的一声。

北京人说的臭豆腐指臭豆腐乳。过去是小贩沿街叫卖的：

"臭豆腐，酱豆腐，王致和的臭豆腐。"臭豆腐就贴饼子，熬一锅虾米皮白菜汤，好饭！现在王致和的臭豆腐用很大的玻璃方瓶装，很不方便，一瓶一百块，得很长时间才能吃完，而且卖得很贵，成了奢侈品。我很希望这种包装能改进，一器装五块足矣。

我在美国吃过最臭的“气死”（干酪），洋人多闻之掩鼻，对我说起来实在没有什么，比臭豆腐差远了。

甚矣，中国人口味之杂也，敢说堪为世界之冠。

载一九九〇年第四期《中国作家》

【赏析】

《五味》是一篇很能代表汪曾祺写作风格的散文。作者选取酸、甜、苦、辣、咸、臭六种味觉的南北风味来说明“中国人口味之杂”。本来文章题目是“五味”，为什么要加上臭味的吃食呢？“五味调和，百味香”，所谓五味，本来就蕴含了“口味之杂”的意味，但汪老可能觉得五味之说，始于《内经》，限于五味，循规蹈矩，并不能突出“杂”的文眼，所以添上最令读者瞠目的臭味，为“杂”张目。而臭味也可以算到五味所生的百味之中，所以，“五”是言其多，与“百味”是一个意思。

看看汪老罗列的吃食，无非酸饭、陈醋、苦瓜、辣椒、咸菜、臭豆腐、臭菜梗之类，实在是普通至极，寒伧到家了。比汪老早一两辈的民国文人，无论是梁实秋（一九〇三至一九八七）的《雅舍谈吃》，还是周作人（一八八五至一九六七）描写鱼蔬、讲究点心的若干小品，其中的堂奥，都不是只赶上西南联大尾巴的汪老所能企及的，更不用说比汪老长十余岁，北平财商毕业的满州贵胄唐鲁孙（一九〇八至一九八五）在《中国吃》中记录的南北大菜，举凡翠盖鱼翅、天梯鸭掌云云，皆为彼时制馔不传之秘。醺醇之味，又不是梁、周等教授阶层可以时时亲近的。然而汪老这篇《五味》能脍炙人口，得到读者的共鸣，也正在于题材的平易近人。比如说吃鳝鱼，汪老就提无锡的“炒鳝糊”，梁老就讲淮扬的“炝虎尾”。“炝虎尾”精则精矣，不过吃过的人一定没有“炒鳝糊”多。通观全文，汪老自己认为最稀罕的鱼腥草，在香港的街市菜档就能买到，吃过的人都不少。取材于日常生活中最习见的食品，确能说明“杂”的道理，进而阐述“南甜北咸东辣西酸”，只是“大体不错”，其实“北方人不是不爱吃甜”，“四川不能说是最能吃辣的省份”，这种多元论的看法在经历过“文化大革命”前后浮沉的作者身上体现出来，是不是与《庄子·齐物论》有异曲同工之妙呢？

最后谈一下这篇散文的行文策略。罗列六味，各举数例，则通篇结构极易流于一般。因此，汪老在第一味“酸”和第三味“苦”的各段行文，皆以某地方人起始，构成排比，加强紧凑性和节奏感。这种排比的内部又有如同音乐般的章法。每一单元或长或短，抑扬顿挫。而酸味和苦味两部分结尾段落，则一定不用某地人的起始定式，使读者有收结的感觉。有这两部分气势撼人的排比作间隔，其余四味的罗列故事,从结构上就不令人感到乏味了。其实,汪老此文讲故事的技巧，也有宋人笔记的影子。如你不信，请对比本文臭味各段与《果蔬秋浓》中逐臭一节的行文，就能看出端倪了。

吃食和文学

【题解】

汪曾祺谈吃往往不志在吃，更多是在谈文学、谈人生。从食物入手，从生活中的小故事讲起，这样读者比较容易接受他的观点，而且文章显得趣味盎然。《口味·耳音·兴趣》《苦瓜是瓜吗？》《咸菜和文化》是草就于一九八六年八九月间的短文，合题作《吃食和文学》，发表在次年出版的广东省作家协会主办的文学刊物《作品》第一期中。

【文本】

口味·耳音·兴趣

我有一次买牛肉。排在我前面的是一个中年妇女，看样子是个知识分子，南方人。轮到她了，她问卖牛肉的："牛肉怎么做？"

我很奇怪，问："你没有做过牛肉？"——"没有。我们家不吃牛羊肉。"——"那你买牛肉——？"——"我的孩子大了，他们会到外地去。我让他们习惯习惯，出去了好适应。"这位做母亲的用心良苦。我于是尽了一趟义务，把她请到一边，讲了一通牛肉做法，从清炖、红烧、咖喱牛肉，直到广东的蚝油炒牛肉、四川的水煮牛肉、干煸牛肉丝……

有人不吃羊肉。我们到内蒙去体验生活。有一位女同志不吃羊肉，一闻到羊肉气味都恶心，这可苦了。她只好顿顿吃开水泡饭，吃咸菜。看见我吃手抓羊肉、羊贝子（全羊）吃得那样香，直生气！

有人不吃辣椒。我们到重庆去体验生活。有几个女演员去吃汤圆，进门就嚷嚷"不要辣椒！"卖汤圆的冷冷地说："汤圆没有放辣椒的！"

许多东西不吃，"下去"，很不方便。到一个地方，听不懂那里的话，也很麻烦。

我们到湘鄂赣去体验生活。在长沙，有一个同志的鞋坏了，去修鞋，鞋铺里不收。"为什么？"——"修鞋的不好过。"——"什么？"——"修鞋的不好过！"我只得给他翻译一下，告诉他修鞋的今天病了，他不舒服。上了井冈山，更麻烦了：井冈山说的是客家话。我们听一位队长介绍情况，他说这里没有人肯当干部，他挺身而出，他老婆反对，说是"辣子毛补，两头秀腐"——"什么什么？"我又得给他翻译："辣椒没有营养，吃下去两头受苦。"这样一翻译可就什么味道也没有了。

我去看昆曲，"打虎游街""借茶活捉"……好戏。小丑的苏白尤其传神，我听得津津有味，不时发出笑声。邻座是一个唱花旦的京剧女演员，她听不懂，直着急，老问："他说什么？说什么？"我又不能逐句翻译，她很遗憾。

我有一次到民族饭店去找人，身后有几个少女在叽叽呱呱地说很地道的苏州话。一边的电梯来了，一个少女大声招呼她的同伴："乖面乖面"（这边这边）！我回头一看：说苏州话的是几个美国人！

我们那位唱花旦的女演员在语言能力上比这几个美国少女可差多了。

一个文艺工作者、一个作家、一个演员的口味最好杂一点，从北京的豆汁到广东的龙虱都尝尝（有些吃的我也招架不了，比如贵州的鱼腥草）；耳音要好一些，能多听懂几种方言，四川话、苏州话、扬州话（有些话我也一句不懂，比如温州话）。否则，是个损失。

口味单调一点、耳音差一点，也还不要紧，最要紧的是对生活的兴趣要广一点。

一九八六年八月十二日

苦瓜是瓜吗？

昨天晚上，家里吃白兰瓜。我的一个小孙女，还不到三岁，一边吃，一边说："白兰瓜、哈密瓜、黄金瓜、华莱士瓜、西瓜，这些都是瓜。"我很惊奇了：她已经能自己经过归纳，形成"瓜"

的概念了（没有人教过她）。这表示她的智力已经发展到了一个重要的阶段。凭借概念，进行思维，是一切科学的基础。她奶奶问她："黄瓜呢？"她点点头。"苦瓜呢？"她摇摇头。我想：她大概认为"瓜"是可吃的，并且是好吃的（这些瓜她都吃过）。今天早起，又问她："苦瓜是不是瓜？"她还是坚决地摇了摇头，并且说明她的理由："苦瓜不像瓜。"我于是进一步想：我对她的概念的分析是不完全的。原来在她的"瓜"概念里除了好吃不好吃，还有一个像不像的问题（苦瓜的表皮疙里疙瘩的，也确实不大像瓜）。我翻了翻《辞海》，看到苦瓜属葫芦科。那么，我的孙女认为苦瓜不是瓜，是有道理的。我又翻了翻《辞海》的"黄瓜"条：黄瓜也是属葫芦科。苦瓜、黄瓜习惯上都叫做瓜；而另一种很"像"是瓜的东西，在北方却称之为"西葫芦"。瓜乎？葫芦乎？苦瓜是不是瓜呢？我倒糊涂起来了。

前天有两个同乡因事到北京，来看我。吃饭的时候，有一盘炒苦瓜。同乡之一问："这是什么？"我告诉他是苦瓜。他说："我倒要尝尝。"夹了一小片入口："乖乖！真苦啊！——这个东西能吃？为什么要吃这种东西？"我说："酸甜苦辣咸，苦也是五味之一。"他说："不错！"我告诉他们这就是癞葡萄。另一同乡说："'癞葡萄'，那我知道的。癞葡萄能这个吃法？"

"苦瓜"之名，我最初是从石涛的画上知道的。我家里有不少有正书局珂罗版印的画集，其中石涛的画不少。我从小喜欢石涛的画。石涛的别号甚多，除石涛外有释济、清湘道人、大涤子、瞎尊者和苦瓜和尚。但我不知道苦瓜为何物。到了昆明，一看：哦，原来就是癞葡萄，我的大伯父每年都要在后园里种几棵癞葡萄，不是为了吃，是为成熟之后摘下来装在盘子里看着玩的。有时也剖开一两个，挖出籽儿来尝尝。有一点甜味，并不好吃。而且颜色鲜红，如同一个一个血饼子，看起来很刺激，也使人不大敢吃它。当作菜，我没有吃过。有一个西南联大的同学，是个诗人，他整了我一下子。我曾经吹牛，说没有我不吃的东西。他请我到一个小饭馆吃饭，要了三个菜：凉拌苦瓜、炒苦瓜、苦瓜汤！我咬咬牙，全吃。从此，我就吃苦瓜了。

苦瓜原产于印度尼西亚，中国最初种植是广东、广西。现在云南、贵州都有。据我所知，最爱吃苦瓜的似是湖南人。有一盘炒苦瓜，——加青辣椒、豆豉、少放点猪肉，湖南人可以吃三碗饭。石涛是广西全州人，他从小就是吃苦瓜的，而且一定很爱吃。“苦瓜和尚”这别号可能有一点禅机，有一点独往独来，不随流俗的傲气，正如他叫“瞎尊者”，其实并不瞎；但也可能是一句实在话。石涛中年流寓南京，晚年久住扬州。南京人、扬州人看见这个和尚拿癞葡萄来炒了吃，一定会觉得非常奇怪的。

北京人过去是不吃苦瓜的。菜市场偶尔有苦瓜卖，是从南方运来的。买的也都是南方人。近二年北京人也有吃苦瓜的了，有人还很爱吃。农贸市场卖的苦瓜都是本地的菜农种的，所以格外鲜嫩。看来人的口味是可以改变的。

由苦瓜我想到几个有关文学创作的问题：

一、应该承认苦瓜也是一道菜。谁也不能把苦从五味里开除出去。我希望评论家、作家——特别是老作家，口味要杂一点，不要偏食。不要对自己没有看惯的作品轻易地否定、排斥。不要像我的那位同乡一样，问道："这个东西能吃？为什么要吃这种东西？"提出"这样的作品能写？为什么要写这样的作品？"我希望他们能习惯类似苦瓜一样的作品，能吃出一点味道来，如现在的某些北京人。

二、《辞海》说苦瓜"未熟嫩果作蔬菜，成熟果瓤可生食"。对于苦瓜，可以各取所需，愿吃皮的吃皮，愿吃瓤的吃瓤。对于一个作品，也可以见仁见智。可以探索其哲学意蕴，也可以踪迹其美学追求。北京人吃凉拌芹菜，只取嫩茎，西餐馆做罗宋汤则专要芹菜叶。人弃人取，各随尊便。

三、一个作品算是现实主义的也可以，算是现代主义的也可以，只要它真是一个作品。作品就是作品。正如苦瓜，说它是瓜也行，说它是葫芦也行，只要它是可吃的。苦瓜就是苦瓜。——如果不是苦瓜，而是狗尾巴草，那就另当别论。截至现在为止，还没有人认为狗尾巴草很好吃。

一九八六年九月六日

咸菜和文化

偶然和高晓声谈起"文化小说"，晓声说："什么叫文化？——吃东西也是文化。"我同意他的看法。这两天自己在家里腌韭菜花，想起咸菜和文化。

咸菜可以算是一种中国文化。西方似乎没有咸菜。我吃过“洋泡菜”，那不能算咸菜。日本有咸菜，但不知道有没有中国这样盛行。“文化大革命”前《福建日报》登过一则猴子腌咸菜的新闻，一个新华社归侨记者用此材料写了一篇对外的特稿：“猴子会腌咸菜吗？”被批评为“资产阶级新闻观点”。——为什么这就是资产阶级新闻观点呢？猴子腌咸菜，大概是跟人学的。于此可以证明咸菜在中国是极为常见的东西。中国不出咸菜的地方大概不多。各地的咸菜各有特点，互不雷同。北京的水疙瘩、天津的津冬菜、保定的春不老。“保定有三宝，铁球、面酱、春不老”，我吃过苏州的春不老，是用带缨子的很小的萝卜腌制的，腌成后寸把长的小缨子还是碧绿的，极嫩，微甜，好吃，名字也起得好。保定的春不老想也是这样的。周作人曾说他的家乡经常吃的是咸极了的咸鱼和咸极了的咸菜。鲁迅《风波》里写的蒸得乌黑的干菜很诱人。腌雪里蕻南北皆有。上海人爱吃咸菜肉丝面和雪笋汤。云南曲靖的韭菜花风味绝佳。曲靖韭菜花的主料其实是细切晾干的萝卜丝，与北京作为吃涮羊肉的调料的韭菜花不同。贵州有冰糖酸，乃以芥菜加醪糟、辣子腌成。四川咸菜种类极多，据说必以自流井的粗盐腌制乃佳。营销（真是“营销”）全国，远至海外（有华侨的地方），堪称咸菜之王的，应数榨菜。朝鲜辣菜也可以算是咸菜。延边的腌蕨菜北京偶有卖的，人多不识。福建的黄萝卜很有名，可惜未曾吃过。我的家乡每到秋末冬初，多数人家都腌萝卜干。到店铺里学徒，要“吃三年萝卜干饭”，言其缺油水也。中国咸菜多矣，此不能备载。如果有人写一本《咸菜谱》，将是一本非常有意思的书。

咸菜起于何时，我一直没有弄清楚。古书里有一个“菹”字，我少时曾以为是咸菜。后来看《说文解字》，“菹”字下注云：“酢菜也”，不对了。汉字凡从酉者，都和酒有点关系。酢菜现在还有。昆明的“茄子酢”、湖南干城的“酢辣子”，都是密封在坛子里使之酒化了的，吃起来都带酒香。这不能算是咸菜。有一个“齑”字，则确乎是咸菜了。这是切碎了腌的。这东西的颜色是发黄的，故称“黄齑”。腌制得法，“色如金钗股”云。我无端地觉得，这恐怕就是酸雪里蕻。齑似乎不是很古的东西。这个字的大量出现好像是在宋人的笔记和元人的戏曲里。这是穷秀才和和尚常吃的东西。“黄齑”成了嘲笑秀才和和尚，亦为秀才和和尚自嘲的常用的话头。中国咸菜之多，制作之精，我以为跟佛教有一点关系。佛教徒不茹荤，又不一定一年四季都能吃到新鲜蔬菜，于是就在咸菜上打主意。我的家乡腌咸菜腌得最好的是尼姑庵。尼姑到相熟的施主家去拜年，都要备几色咸菜。关于咸菜的起源，我在看杂书时还要随时留心，并希望博学而好古的馋人有以教我。

和咸菜相伯仲的是酱菜。中国的酱菜大别起来，可分为北味的与南味的两类。北味的以北京为代表。六必居、天源、后门的“大葫芦”都很好。——“大葫芦”门悬大葫芦为记，现在好像已经没有了。保定酱菜有名，但与北京酱菜区别实不大。南味的以扬州酱菜为代表，商标为“三和”“四美”。北方酱菜偏咸，南则偏甜。中国好像什么东西都可以拿来酱。萝卜、瓜、莴苣、蒜苗、甘露、藕，乃至花生、核桃、杏仁，无不可酱。北京酱菜里有酱银苗，我到现在还不知道究竟是什么东西。只有荸荠不能酱。我的家乡不兴到酱园里开口说买酱荸荠，那是骂人的话。

酱菜起于何时，我也弄不清楚。不会很早。因为制酱菜有个前提，必得先有酱，——豆制的酱。酱——酱油，是中国一大发明。“柴米油盐酱醋茶”，酱为开门七事之一。中国菜多数要放酱油。西方没有。有一个京剧演员出国，回来总结了一条经验，告诫同行，以后若有出国机会，必须带一盒固体酱油！没有郫县豆瓣，就做不出“正宗川味”。但是中国古代的酱和现在的酱不是一回事。《说文》酱字注云从肉、从酉、爿声。这是加盐、加酒、经过发酵的肉酱。《周礼·天官·膳夫》：“凡王之馈，酱用百有二十瓮”，郑玄注：“酱，谓醢醢也”。醢，醢，都是肉酱。大概较早出现的是豉，其后才有现在的酱。汉代著作中提到的酱，好像已是豆制的。东汉王充《论衡》：“作豆酱恶闻雷”，明确提到豆酱。《齐民要术》提到酱油，但其时已至北魏，距现在一千五百多年——当然，这也相当古了。酱菜的起源，我现在还没有查出来，俟诸异日吧。

考查咸菜和酱菜的起源，我不反对，而且颇有兴趣。但是，也不一定非得寻出它的来由不可。

“文化小说”的概念颇含糊。小说重视民族文化，并从生活的深层追寻某种民族文化的“根”，我以为是未可厚非的。小说要有浓郁的民族色彩，不在民族文化里腌一腌、酱一酱，是不成的，但是不一定非得追寻得那么远，非得追寻到一种苍苍莽莽的古文化不可。古文化荒邈难稽（连咸菜和酱菜的来源我们还不清楚）。寻找古文化，是考古学家的事，不是作家的事。从食品角度来说，与其考察太子丹请荆轲吃的是什么，不如追寻一下“春不老”；与其查究楚辞里的“蕙肴蒸”，不如品味品味湖南豆豉；与其追溯断发文身的越人怎样吃蛤蜊，不如蒸一碗霉干菜，喝两杯黄酒。我们在小说里要表现的文化，首先是现在的，活着的；其次是昨天的，消逝不久的。理由很简单，因为我们可以看得见，摸得着，尝得出，想得透。

一九八六年九月十一日

载一九八七年第一期《作品》

【赏析】

三篇文章里，写得最有特色的要数《苦瓜是瓜吗？》。苦瓜是瓜吗？从植物分类学的角度来说，可谓糊涂至极，但汪老的写作动机并不在此。如果我们换个角度，从文学批评的层面探讨，此文又可谓独具只眼，得深意于牝牡骊黄之外了。

本文由作者小孙女归纳“白兰瓜、哈密瓜、黄金瓜、华莱士瓜、西瓜，这些都是瓜”，而苦瓜不是瓜引起。汪老为此特意翻查了《辞海》，查到苦瓜归葫芦科，进而认为“我的孙女认为苦瓜不是瓜，是有道理的”，并在文末申述：“正如苦瓜，说它是瓜也行，说它是葫芦也行，只要它是可吃的。”可见汪老可能认为凡属葫芦科的就一定是葫芦而非瓜。殊不知，举凡文中罗列的白兰瓜、哈密瓜、西瓜、苦瓜、黄瓜云云均是葫芦科的植物。只不过苦瓜隶于葫芦科苦瓜属，白兰瓜、哈密瓜、黄金瓜、华莱士瓜乃至黄瓜隶于葫芦科甜瓜属，西瓜隶于葫芦科西瓜属，而葫芦则隶于葫芦科葫芦属，至于汪老提到的“另一种很‘像’是瓜”的西葫芦，从分类学上看是葫芦科南瓜属的植物。汪老误将葫芦科当作葫芦种，还以为有与之相对应的瓜科，其实通篇提到的各种瓜果，不过是同科异属的各种植物而已。

但明眼人看得出来，汪老用意并不在此。评说苦瓜是为了探讨文学创作的创新。清人许昂霄《词综偶评》中赞叹姜夔词“能转法华，不为法华所转”，汪老写苦瓜，庶几近之！这句“正如苦瓜，说它是瓜也行，说它是葫芦也行，只要它是可吃的”，是不是与二十世纪六十年代和八十年代两度引发热议的“不管白猫、黑猫，能捉到老鼠就是好猫”同出一辙呢？其实类似的话，《聊斋志异》就有。其书卷四《驱怪》文末有：“异史氏曰：‘黄狸、黑狸，得鼠者雄！’”结合上下文观之，《吃食和文学》中的其他两篇文章，也意趣相近。《口味·耳音·兴趣》是讲文学创作中的相容并包，《咸菜和文化》是讲文学创作要反映生活中“看得见，摸得着，尝得出，想得透”的“活着的”文化。在八十年代中期，创作这三篇文章，并在广东发表，足征汪老的写作对社会现实是有的放矢的。

国子监

【题解】

此篇是汪曾祺早期的作品，写于一九五四年，与八十年代散文淡然的风格略有不同，却深受作家看重。所谓“国子监”，就是从前的大学，但它不是普遍意义上的大学，而是给贵族子弟学习的高级学府。通过阅读此文，大家可以了解国子监的建筑特色及运作模式。但是，作家真正想告诉读者的是国子监背后的故事，所谓“培育人才”，所谓“祭酒如何清简恬静”，所谓“监生如何贵重”的真相。

【文本】

为了写国子监，我到国子监去逛了一趟，不得要领。从首都图书馆抱了几十本书回来，看了几天，看得眼花气闷，而所得不多。后来，我去找了一个“老”朋友聊了两个晚上，倒像是明白了不少事情。我这朋友世代在国子监当差，“侍候”过翁同龢、陆润庠、王垿等祭酒，给新科状元打过“状元及第”的旗，国子监生人，今年七十三岁，姓董。

国子监，就是从前的大学。

这个地方原先是什么样子，没法知道了（也许是一片荒郊）。立为国子监，是在元代迁都大都以后，至元二十四年（一二八七年），距今约已七百年。

元代的遗迹，已经难于查考。给这段时间作证的，有两棵老树：一棵槐树，一棵柏树。一在彝伦堂前，一在大成殿阶下。据说，这都是元朝的第一任国立大学校长——国子监祭酒许衡手植的。柏树至今仍颇顽健，老干横枝，婆娑弄碧，看样子还能再活个几百年。那棵槐树，约有北方常用二号洗衣绿盆粗细，稀稀疏疏地披着几根细瘦的枝条，干枯僵直，全无一点生气，已经老得不成样子了，很难断定它是否还活着。传说它老早就已经死过一次，死了几十年，有一年不知道怎么又活了。这是乾隆年间的事，这年正赶上是慈宁太后的六十“万寿”，嗬，这是大喜事！于是皇上、大臣赋诗作记，还给老槐树画了像，全都刻在石头上，着实热闹了一通。这些石碑，至今犹在。

国子监是学校，除了一些大树和石碑之外，主要的是一些作为大学校舍的建筑。这些建筑的规模大概是明朝的永乐所创建的（大体依据洪武帝在南京所创立的国子监，而规模似不如原来之大），清朝又改建或修改过。其中修建最多的，是那位站在大清帝国极盛的峰顶，喜武功亦好文事的乾隆。

一进国子监的大门——集贤门，是一个黄色琉璃牌楼。牌楼之里是一座十分庞大华丽的建筑。这就是辟雍。这是国子监最中心、最突出的一个建筑。这就是乾隆所创建的。辟雍者，天子之学也。天子之学，到底该是个什么样子，从汉朝以来就众说纷纭，谁也闹不清楚。照现在看起来，是在平地上开出一个正圆的池子，当中留出一块四方的陆地，上面盖起一座十分宏大的四方的大殿，重檐，有两层廊柱，盖黄色琉璃瓦，安一个巨大的镏金顶子，梁柱檐饰，皆朱漆描金，透刻敷彩，看起来像一顶大花轿子似的。辟雍殿四面开门，可以洞启。池上围以白石栏杆，四面有石桥通达。这样的格局是有许多讲究的，这里不必说它。辟雍，是乾隆以前的皇帝就想到要建筑的，但都因为没有水而作罢了（据说天子之学必得有水）。到了乾隆，气魄果然要大些，认为“北京为天下都会，教化所先也，大典缺如，非所以崇儒重道，古与稽而今与居也”（《御制国学新建辟雍圜水工成碑记》）。没有水，那有什么关系！下令打了四口井，从井里把水汲上来，从暗道里注入，通过四个龙头（螭首），喷到白石砌就的水池里，于是石池中涵空照影，泛着潋滟的波光了。二、八月里，祀孔释奠之后，乾隆来了。前面钟楼里撞钟，鼓楼里擂鼓，殿前四个大香炉里烧着檀香，他走入讲台，坐上宝座，讲《大学》或《孝经》一章，叫王公大臣和国子监的学生跪在石池的桥边听着，这个盛典，叫做“临雍”。

这“临雍”的盛典，道光、嘉庆年间，似乎还举行过，到了光绪，据我那朋友老董说，就根本没有这档子事了。大殿里一年难得打扫两回，月牙河（老董管辟雍殿四边的池子叫做四个“月牙河”）

里整年是干的，只有在夏天大雨之后，各处的雨水一齐奔到这里面来。这水是死水，那光景是不难想象的。

然而辟雍殿确实是个美丽的、独特的建筑。北京有名的建筑，除了天安门、天坛祈年殿那个蓝色的圆顶、九梁十八柱的故宫角楼，应该数到这顶四方的大花轿。

辟雍之后，正面一间大厅，是彝伦堂，是校长——祭酒和教务长——司业办公的地方。此外有“四厅六堂”,敬一亭,东厢西厢。四厅是教职员办公室。六堂本来应该是教室，但清朝另于国子监斜对门盖了一些房子作为学生住宿进修之所，叫做“南学”（北方戏文动辄说“到南学去攻书”，指的即是这个地方），六堂作为考场时似更多些。学生的月考、季考在此举行，每科的乡会试也要先在这里考一天，然后才能到贡院下场。

六堂之中原来排列着一套世界上最重的书，这书一页有三四尺宽，七八尺长，一尺许厚，重不知几千斤。这是一套石刻的十三经，是一个老书生蒋衡一手写出来的。据老董说，这是他默出来的！他把这套书献给皇帝，皇帝接受了。刻在国子监中，作为重要的装点。这皇帝，就是高宗纯皇帝乾隆陛下。

国子监碑刻甚多，数量最多的，便是蒋衡所写的经。著名的，旧称有赵松雪临写的“黄庭”“乐毅”“兰亭定武本”；颜鲁公“争座位”，这几块碑不晓得现在还在不在，我这回未暇查考。不过我觉得最有意思、最值得一看的是明太祖训示太学生的一通敕谕：

恁学生每听着：先前那宗讷做祭酒呵，学规好生严肃，秀

才每循规蹈矩，都肯向学，所以教出来的个个中用，朝廷好生得人。后来他善终了，以礼送他回乡安葬，沿路上着有司官祭他。

近年着那老秀才每做祭酒呵，他每都怀着异心，不肯教诲，把宗讷的学规都改坏了，所以生徒全不务学，用着他呵，好生坏事。

如今着那年纪小的秀才官人每来署学事，他定的学规，恁每当依着行。敢有抗拒不服，撒泼皮，违犯学规的，若祭酒来奏着恁呵，都不饶！全家发向烟瘴地面去，或充军，或充吏，或做首领官。

今后学规严紧，若有无籍之徒，敢有似前贴没头帖子，诽谤师长的，许诸人出首，或绑缚将来，赏大银两个。若先前贴了票子，有知道的，或出首，或绑缚将来呵，也一般赏他大银两个。将那犯人凌迟了，枭令在监前，全家抄没，人口发往烟瘴地面。钦此！

这里面有一个血淋淋的故事：明太祖为了要“人才”，对于办学校非常热心。他的办学的政策只有一个字：严。他所委任的第一任国子监祭酒宗讷，就秉承他的意旨，订出许多规条。待学生非常的残酷，学生曾有饿死吊死的。学生受不了这样的迫害和饥饿，曾经闹过两次学潮。第二次学潮起事的是学生赵麟，出了一张墙报（没头帖子）。太祖闻之，龙颜大怒，把赵麟杀了，并在国子监立一长竿，把他的脑袋挂在上面示众（照明太祖的语言，是“枭令”）。隔了十年，他还忘不了这件事，有一天又召集全体教职员和学生训话。碑上所刻，就是训话的原文。

这些本来是发生在南京国子监的事，怎么北京的国子监也有这么一块碑呢？想必是永乐皇帝觉得他老大人的这通话训得十分精彩，应该垂之久远，所以特在北京又刻了一个复本。是的，这值得一看。他的这篇白话训词比历朝皇帝的“崇儒重道”之类的话都要真实得多，有力得多。

这块碑在国子监仪门外侧右手，很容易找到。碑分上下两截。下截是对工役膳夫的规矩，那更不得了：“打五十竹篦”！“处斩”！“割了脚筋”……

历代皇帝虽然都似乎颇为重视国子监，不断地订立了许多学规，但不知道为什么，国子监出的人才并不是那样的多。

《戴斗夜谈》一书中说，北京人已把国子监打入“十可笑”之列：

> 京师相传有十可笑：光禄寺茶汤，太医院药方，神乐观祈禳，武库司刀枪，营缮司作场，养济院衣粮，教坊司婆娘，都察院宪纲，国子监学堂，翰林院文章。

国子监的课业历来似颇为稀松。学生主要的功课是读书、写字、作文。国子监学生——监生的肄业、待遇情况各时期都有变革。到清朝末年，据老董说，是每隔六日作一次文，每一年转堂（升级）一次，六年毕业，学生每月领助学金（膏火）八两。学生毕业之后，大部分发作为县级干部，或为县长（知县）、副县长（县丞），或为教育科长（训导）。另外还有一种特殊的用途，是调到中央去写字（清朝有一个时期光禄寺的面袋都是国子监学生的仿纸做的）。

从明朝起就有调国子监善书学生去抄录《实录》的例。明朝的一部大丛书《永乐大典》,清朝的一部更大的丛书《四库全书》的底稿,那里面的端正严谨（也毫无个性）的馆阁体楷书，有些就是出自国子监高材生的手笔。这种工作，叫做“在誊桌上行走”。

国子监监生的身份不十分为人所看重。从明景泰帝开生员纳粟纳马入监之例以后，国子监的门坎就低了。尔后捐监之风大开，监生就更不值钱了。

国子监是个清高的学府，国子监祭酒是个清贵的官员——京官中，四品而掌印的，只有这么一个。作祭酒的，生活实在颇为清闲，每月只逢六逢一上班，去了之后，当差的在门口喝一声短道，沏上一碗盖碗茶，他到彝伦堂上坐了一阵，给学生出题目，看看卷子；初一、十五带着学生上大成殿磕头，此外简直没有什么事情。清朝时他们还有两桩特殊任务：一是每年十月初一，率领属官到午门去领来年的黄历；一是遇到日蚀、月蚀，穿了素服到礼部和太常寺去“救护”，但领黄历一年只一次，日蚀、月蚀，更是难得碰到的事。戴璐《藤阴杂记》说此官“清简恬静”，这几个字是下得很恰当的。

但是，一般做官的似乎都对这个差事不大发生兴趣。朝廷似乎也知道这种心理，所以，除了特殊例外，祭酒不上三年就会迁调。这是为什么？因为这个差事没有油水。

查清朝的旧例，祭酒每月的俸银是一百零五两，一年一千二百六十两，外加办公费每月三两，一年三十六两，加在一起，实在不算多。国子监一没人打官司告状，二没有盐税河工可以承揽，没有什么外快。但是毕竟能够养住上上下下的堂官皂役的，赖有相当稳定的银子，这就是每年捐监的手续费。

据朋友老董说，纳监的监生除了要向吏部交一笔钱，领取一张“护照”外，还需向国子监交钱领“监照”——就是大学毕业证书。照例一张监照，交银一两七钱。国子监旧例，积银二百八十两，算一个“字”、按“千字文”数，有一个字算一个字，平均每年约收入五百字上下。我算了算，每年国子监收入的监照银约有十四万两，即每年有八十二三万不经过入学和考试只花钱向国家买证书而取得大学毕业资格——监生的人。原来这是一种比乌鸦还要多的东西！这十四万两银子照国家的规定是不上缴的，由国子监官吏皂役按份摊分，祭酒每一字分十两，那么一年约可收入五千银子，比他的正薪要多得多。其余司业以下各有差。据老董说，连他一个“字”也分五钱八分，一年也从这一项上收入二百八九十两银子！

老董说，国子监还有许多定例。比如，像他，是典籍厅的刷印匠，管给学生“做卷”——印制作文用的红格本子，这事包给了他，每月例领十三两银子。他父亲在时还会这宗手艺，到他时则根本没有学过，只是到大栅栏口买一刀毛边纸，拿到琉璃厂找铺子去印，成本共花三两，剩下十两，是他的。所以，老董说，那年头，手里的钱花不清——烩鸭条才一吊四百钱一卖！至于那几位“堂皂”，就更不得了了！单是每科给应考的举子包“枪手”（这事值得专写一文），就是一笔大财。那时候，当差的都兴喝黄酒，街头巷尾都是黄酒馆，跟茶馆似的，就是专为当差的预备着的。所以，像国子监的差事也都是世袭。这是一宗产业，可以卖，也可以顶出去！

老董的记性极好，我的复述倘无错误，这实在是一宗未见载录的珍贵史料。我所以不惮其烦地缕写出来，用意是在告诉比我更年轻的人，封建时代的经济、财政、人事制度，是一个多么古怪的东西！

国子监，现在已经作为首都图书馆的馆址了。首都图书馆的老底子是头发胡同的北京市图书馆，即原先的通俗图书馆——由于鲁迅先生的倡议而成立，鲁迅先生曾经襄赞其事，并捐赠过书籍的图书馆；前曾移到天坛，因为天坛地点逼仄，又挪到这里了。首都图书馆藏书除原头发胡同的和建国后新买的以外，主要为原来孔德学校和法文图书馆的藏书。就中最具特色，在国内搜藏较富的，是鼓词俗曲。

载一九五七年三月号《北京文艺》

【赏析】

《国子监》一文不算长，大概七千字的篇幅，但颇为作者所看重。《汪曾祺自选集》收入散文仅十二篇，第一篇就是此文。汪老的好友陆建华先生选编的《汪曾祺文集·散文卷》收辑文章更多，总数在六十篇以上，仍以此文冠诸卷首，可见它在汪老心中的分量。

之所以写这篇文章，关键是汪曾祺在一九四八年初来北京之际，由老师沈从文介绍到历史博物馆工作，结识了工友老董。老董是个老北京，世代在国子监当差，“经过前清、民国、袁世凯、段祺瑞、北伐、日本、国民党、共产党”，在汪老多篇散文中都有出场。到汪老写《国子监》这篇文章的时候，老董已经七十三岁了，在历史博物馆“只管掸掸办公室的尘土，拔拔广坪石缝中的草”(《老董》)。虽然此文开头说:“为了写国子监，……从首都图书馆抱了几十本书回来，看了几天，看得眼花气闷”，可明眼人一路读下去就明白，这是为衬托老董那些从来不能“上书”，只能由当事人口耳相传的秘闻。文章中凡是大约征引自《钦定国子监志》的材料，好像《御制古槐诗画碑》《御制国学新建辟雍圜水工成碑记》之类，虽然冠冕堂皇，从格局上似乎还能上溯《周礼》，但经老董的点评，都一下子原形毕露，就连历任祭酒们“清简恬静”的生活，经老董对银钱账稍加点染，立刻令读者打消了所有时间距离产生的美感，从心底发出万代一理，融汇古今的感慨。

为什么要办国子监？《周礼》里面讲这是“天子临雍讲学”的地方，历代帝王“崇儒重道”，都要办学培养人才。临雍盛典，据老董说，到了光绪年间，“就根本没有这档子事了。大殿里一年难得打扫两回，月牙河里整年是干的”。至于国家培养人才的宗旨，就不是老董能说清楚的了。乾隆在六堂陈设十三经刻石，心中想的是超越汉、魏的石经，乃至大唐的开成石经，这分明是在落力下本扮演儒家的教主，而对老董而言，最“巴臂”的则莫过于全部十三经石刻底稿都是江苏老贡生蒋衡一手默写出来的无稽之谈！乾隆老倌儿如果听了两百多年后老董的这番说话，恐大呼“唔抵”。汪老聪明过人，搬出仪门外右手不起眼的洪武三十年（一三九七）《明太祖训示太学生敕谕碑》来，用朱元璋的“口供”来注释“崇儒重道”的奥义：

今后学规严紧，若有无籍之徒，敢有似前贴没头帖子，诽谤师长的，许诸人出首，或绑缚将来，赏大银两个。若先前贴了票子，有知道的，或出首，或绑缚将来呵，也一般赏他大银两个。将那犯人凌迟了，枭令在监前，全家抄没，人口发往烟瘴地面。钦此！

汪老怕读者不明就里，特意解释了洪武二十七年（一三九四）朱元璋如何杀了在学潮中出了一张墙报的南监监生赵麟，并在国子监立一长竿，把赵的脑袋挂在上面示众的事。要知道南京国子监的这根血淋淋的竿子一直竖在那儿，直到一百二十六年之后，明武宗见到，才以学校岂是刑场为由撤掉。北京国子监的《敕谕碑》，据汪老推测，是篡了太祖指定接班人建文帝帝位的成祖皇帝翻刻的，足征圣人治世心心相印。

如何办国子监呢？老董说纳监的监生要向国子监交一两七钱银子的监照费。按旧例“积银二百八十两，算一个‘字’，……每年约收入五百字上下。我算了算，每年国子监收入的监照银约有十四万两，即每年有八十二三万不经过入学和考试只花钱向国家买证书而取得大学毕业资格——监生的人”。这句话在不同选本中常有讹误。因为汪氏撰写的《老董》一文，一九九三年在《追求》月刊发表的时候，引文前半句印成：“国子监旧例，私银二百八十两，算一个‘字’。”北师大版《汪曾祺全集》将“私银”改回原来的“积银”，但又把“二百八十两，算一个‘字’”误印为“二万，十两，算一个‘字’”。燕山出版社《去年属马》同讹。到了成都出版社出的《草花集》，这句又改成了“积银二万八十两，算一个‘字’。”真可谓“书三写，鱼成鲁，帝成虎”。至于引文的后半句，也有令人费解的地方，就恐怕不是手民误植了。每张一两七钱银的监照费，年收入十四万两，至多也就八万三千人纳监，汪老说有“八十二三万”，大概是小数点儿点错了位。就好像上文提到赵麟在监前枭首示众当在洪武二十七年（一三九四），次年朱元璋又颁行赵麟诽谤敕给国子监，让大家知道“动乱真相”。至于后来召集国子监官生一千八百多人，在奉天门前训示，则是洪武三十年（一三九七）的事。文章中说枭首与训示“隔了十年”，大概也是个虚数。可见汪老把散文当作文学创作看待，考证琐屑，尚在其次。

其实这种处理手法，在文章一开头介绍老董出场的时候，就有应用：“我这朋友世代在国子监当差，‘侍候’过翁同龢、陆润庠、王垿等祭酒，给新科状元打过‘状元及第’的旗，国子监生人，今年七十三岁，姓董。”作者一九五四年写此文时，老董七十三。作者一九六〇年到东堂子胡同看老师沈从文，听见老董在传达室里骂大街：“我八十多岁了，叫我挨饿！”则老董大约生在二十世纪七十年代末。夷考翁同龢由詹事府右中允特接侍讲擢为国子监祭酒（从四品）在同治七年（一八六八）十一月，同治九年（一八七〇）六月即升太仆寺卿（从三品），其人不可能“侍候”翁祭酒，殆无疑问。彼时在国子监当差者应是其父、其祖。汪氏如此行文，为老董鼓吹资历，乃是出于创作的需要，与考证无关。况且，国子监里“清简恬静”的岁月，无论是翁祭酒还是陆祭酒，在老董这样的人看起来都一般无二，何曾有过什么变化？

人间草木

【题解】

或许因为他是一位写意派画家，或许因为他是一位抒情小说作家，或许因为父亲、沈从文对他影响太深，汪曾祺总是带着诗意的眼光看待这个世界。除了善写日常小人物及乡土风俗，他笔下的瓜果蔬菜、草木虫鱼也别有一番味道，时现精辟之语。汪曾祺喜欢读法布尔的《昆虫记》，推崇吴其濬的《植物名实图考》，并多次在文章里进行考据，但是背后想表达的还是他对生活的喜悦，这篇《人间草木》便可略窥一二。

【文本】

山丹丹

我在大青山挖到一棵山丹丹。这棵山丹丹的花真多。招待我们的老堡垒户看了看，说："这棵山丹丹有十三年了。"

"十三年了？咋知道？"

"山丹丹长一年，多开一朵花。你看，十三朵。"

山丹丹记得自己的岁数。

我本想把这棵山丹丹带回呼和浩特，想了想，找了把铁锹，把老堡垒户的开满了蓝色党参花的土台上刨了个坑，把这棵山丹丹种上了。问老堡垒户：

"能活？"

"能活。这东西，皮实。"

大青山到处是山丹丹，开七朵花、八朵花的，多的是。

山丹丹花开花又落，
一年又一年……

这支流行歌曲的作者未必知道，山丹丹过一年多开一朵花。唱歌的歌星就更不会知道了。

枸杞

枸杞到处都有。枸杞头是春天的野菜。采摘枸杞的嫩头，略焯过，切碎，与香干丁同拌，浇酱油醋香油；或入油锅爆炒，皆极清香。夏末秋初，开淡紫色小花，谁也不注意。随即结出小小的红色的卵形浆果，即枸杞子。我的家乡叫做狗奶子。

我在玉渊潭散步，在一个山包下的草丛里看见一对老夫妻弯着腰在找什么。他们一边走，一边搜索。走几步，停一停，弯腰。

“您二位找什么？”

“枸杞子。”

“有吗？”

老同志把手里一个罐头玻璃瓶举起来给我看，已经有半瓶了。

“不少！”

“不少！”

他解嘲似的哈哈笑了几声。

“您慢慢捡着！”

“慢慢捡着！”

看样子这对老夫妻是离休干部，穿得很整齐干净，气色很好。

他们捡枸杞子干什么？是配药？泡酒？看来都不完全是。真要是需要，可以托熟人从宁夏捎一点或寄一点来。——听口音，老同志是西北人，那边肯定会有熟人。

他们捡枸杞子其实只是玩！一边走着，一边捡枸杞子，这比单纯的散步要有意思。这是两个童心未泯的老人，两个老孩子！

人老了，是得学会这样的生活。看来，这二位中年时也是很会生活，会从生活中寻找乐趣的。他们为人一定很好，很厚道。他们还一定不贪权势，甘于淡泊。夫妻间一定不会为柴米油盐、儿女婚嫁而吵嘴。

从钓鱼台到甘家口商场的路上，路西，有一家的门头上种了很大的一丛枸杞，秋天结了很多枸杞子，通红通红的，礼花似的，喷泉似的垂挂下来，一个珊瑚珠穿成的华盖，好看极了。这丛枸杞可以拿到花会上去展览。这家怎么会想起在门头上种一丛枸杞？

槐 花

玉渊潭洋槐花盛开，像下了一场大雪，白得耀眼。来了放蜂的人。蜂箱都放好了，他的“家”也安顿了。一个刷了涂料的很厚的黑色的帆布篷子。里面打了两道土堰，上面架起几块木板，是床。床上一卷铺盖。地上排着油瓶、酱油瓶、醋瓶。一个白铁桶里已经有多半桶蜜。外面一个蜂窝煤炉子上坐着锅。一个女人在案板上切青蒜。锅开了，她往锅里下了一把干切面。不大会儿，面熟了，她把面捞在碗里，加了佐料、撒上青蒜，在一个碗里舀了半勺豆瓣。一人一碗。她吃的是加了豆瓣的。

蜜蜂忙着采蜜，进进出出，飞满一天。

我跟养蜂人买过两次蜜，绕玉渊潭散步回来，经过他的棚子，大都要在他门前的树墩上坐一坐，抽一支烟，看他收蜜，刮蜡，跟他聊两句，彼此都熟了。

这是一个五十岁上下的中年人，高高瘦瘦的，身体像是不太好，他做事总是那么从容不迫，慢条斯理的。样子不像个农民，倒有点像一个农村小学校长。听口音，是石家庄一带的。他到过很多省。哪里有鲜花，就到哪里去。菜花开的地方，玫瑰花开的地方，苹果花开的地方，枣花开的地方。每年都到南方去过冬，广西、贵州。到了春暖，再往北翻。我问他是不是枣花蜜最好，他说是荆条花的蜜最好。这很出乎我的意外。荆条是个不起眼的东西，而且我从来没有见过荆条开花，想不到荆条花蜜却是最好的蜜。我想他每年收入应当不错。他说比一般农民要好一些，但是也落不下多少：蜂具，路费；而且每年要赔几十斤白糖——蜜蜂冬天不采蜜，得喂它糖。

女人显然是他的老婆。不过他们岁数相差太大了。他五十了，女人也就是三十出头。而且，她是四川人，说四川话。我问他：你们是怎么认识的？他说：她是新繁县人。那年他到新繁放蜂，认识了。她说北方的大米好吃，就跟来了。

有那么简单？也许她看中了他的脾气好，喜欢这样安静平和的性格？也许她觉得这种放蜂生活，东南西北到处跑，好耍？这是一种农村式的浪漫主义。四川女孩子做事往往很洒脱，想咋个就咋个，不像北方女孩子有那么多考虑。他们结婚已经几年了。丈夫对她好，她对丈夫也很体贴。她觉得她的选择没有错，很满意，不后悔。我问养蜂人：她回去过没有？他说：回去过一次，一个人，他让她带了两千块钱，她买了好些礼物送人，风风光光地回了一趟新繁。

一天，我没有看见女人，问养蜂人，她到哪里去了。养蜂人说，到我那大儿子家去了，去接我那大儿子的孩子。他有个大儿子，在北京工作，在汽车修配厂当工人。

她抱回来一个四岁多的男孩，带着他在棚子里住了几天。她带他到甘家口商场买衣服，买鞋，买饼干，买冰糖葫芦。男孩子在床上玩鸡啄米，她靠着被窝用勾针给他勾一顶大红的毛线帽子。她很爱这个孩子。这种爱是完全非功利的，既不是讨丈夫的欢心，也不是为了和丈夫的儿子一家搞好关系。这是一颗很善良，很美的心。孩子叫她奶奶，奶奶笑了。

过了几天，她把孩子又送了回去。

过了两天，我去玉渊潭散步，养蜂人的棚子拆了，蜂箱集中在一起。等我散步回来，养蜂人的大儿子开来一辆卡车，把棚柱、木板、煤炉、锅碗和蜂箱装好，养蜂人两口子坐上车，卡车开走了。

玉渊潭的槐花落了。

载一九九〇年第三期《散文》

【赏析】

中国文人喜以草木入诗作文，自古有之，屈原开创“香草美人”的传统，以香草象征高洁的品德。《诗经》更是大量运用植物类的意象，难怪孔子说：“何莫学夫诗？诗，可以兴，可以观，可以群，可以怨。

迩之事父，远之事君。多识于鸟兽草木之名。”(《论语 · 阳货》)汪曾祺非常认同孔子的话，在《葵 · 薤》中说道 :“这最后一点似乎和前面几点不能相提并论，其实这是很重要的。草木虫鱼，多是与人的生活密切相关。对于草木虫鱼有兴趣，说明对人也有广泛的兴趣。”这篇散文就反映了他对草木、对人的兴趣。

陶渊明独爱菊花，周敦颐钟情莲花，君子各有所爱，汪曾祺呢?他爱各种各样的花花草草，尤其是那些名不见经传，遍野开满，大量繁殖的普通品种。比如前面一篇小说里提到的晚饭花，也就是野茉莉，虽然毫无姿态，看似低贱，却能唤起作者无限的感情。又比如此篇写到的山丹丹、枸杞、槐花。许多读者都说自己是通过读汪氏的文章认识各样花草的，不就是这样吗?我们身边栽种了各种各样的植物，但是每次都是来去匆匆，或者坐在公园里读报纸、看手机。花就在身边，却没有看见，看见了也不认识它，不知道花的名字，不知道花的品种、习性。汪曾祺，他懂，他喜欢，并且善于通过一些小故事来介绍它们。

山丹丹想必是内蒙古地区一种常见的花，香港却不多见。此花颜色大红，开满时颇像香港常见的凤凰木。文章里提到的流行歌曲是一首陕北民歌，在广东这边，自然也没有《茉莉花》为人熟悉。然而，在如此短小的篇幅里，汪曾祺让我们彻底了解山丹丹，还看见作者的草木之情。汪老本来挖了一棵山丹丹，想带到别处栽种。听到当地人说山丹丹长一年多开一朵花，就说 :“山丹丹记得自己的岁数。”这是多么可爱的说法，他把山丹丹看作一个孩子，一个聪颖的孩子。后来想了想，还是让它住在原来的地方，把它栽在蓝色的党参花旁边，又担心地问 :“能活?”听到能活，这东西皮实，马上高兴得哼起歌来。

“枸杞”“槐花”这两部分表面上写花，实际上写了两段爱情故事。一段是一对甘于淡泊的老人如何一路走来，相互扶持，忍耐包容，等到退休之日，又可以踏青寻枸杞子，重拾儿时的乐趣；另一段写一个为爱远走他方的女人和她从事放蜂的丈夫之间的点滴，两人年龄相差廿载，又不是同一个城市的人，女人却甘心随着他四处流浪，还接受男人的儿子、孙子。这两段爱情，在汪老的眼里，都是平凡却叫人感动的。

文章结构别有用心。“枸杞”开篇汪老显露了一下吃的学问，教了我们两道做枸杞头的方法，叫人垂涎。接着说到夏末秋初枸杞开淡紫色小花，谁也不注意。说谁也不注意，偏偏却有一对老夫妻注意到了，还特意跑来捡枸杞子。如此开头，既有趣味，又引人入胜。这两个老人的故事未必如汪老所推测的，但是，看着这两个弯着腰捡枸杞子的老人，又有谁会不同意他的推测呢？“玉渊潭洋槐花盛开，像下了一场大雪，白得耀眼。”引来了放蜂人。“玉渊潭的槐花落了。”养蜂人两口子也走了。人间草木，盛衰有时，花开花落，犹如人之相遇相离。

汪曾祺是个性情中人，草木有情，有情人自能体会草木之情。他不止一次说过喜欢归有光的《项脊轩志》，并以为其结尾写得分外有情致。“庭有枇杷树，吾妻死之年所手植也，今已亭亭如盖矣。”归有光思妻之情含蓄蕴藉，悠然不尽。他自己写到挚爱的沈从文也是以草木作结：“沈先生家有一盆虎耳草，种在一个椭圆形的小小钧窑盆里。很多人不认识这种草。这就是《边城》里翠翠在梦里采摘的那种草，沈先生喜欢的草。”（《星斗其文，赤子其人》）

“揉面”——谈语言

【题解】

此篇为这本选集最后一篇文章，如果你觉得汪曾祺的小说或散文写得不错，想知道怎样能写出像他一样好的作品，那就要仔细读一下这篇有名的《揉面》了。汪曾祺写过不少谈创作的文章，诸如《小说的思想和语言》《中国文学的语言问题》《小说技巧常谈》《小说创作随谈》《小说的散文化》《谈风格》等，这篇主要讲语言的问题，通过鲜明生动的例子，道出语言的真谛及掌握语言的几个窍门。

【文本】

语言是艺术

语言本身是艺术，不只是工具。

写小说用的语言，文学的语言，不是口头语言，而是书面语言。是视觉的语言，不是听觉的语言。有的作家的语言离开口语较远，比如鲁迅；有的作家的语言比较接近口语，比如老舍。即使是老舍，我们可以说他的语言接近口语，甚至是口语化，但不能说他用口语写作，他用的是经过加工的口语。老舍是北京人，他的小说里用了很多北京话。陈建功、林斤澜、中杰英的小说里也用了不少北京话。但是他们并不是用北京话写作。他们只是吸取了北京话的词汇，尤其是北京人说话的神气、劲头、“味儿”。他们在北京人说话的基础上创造了各自的艺术语言。

小说是写给人看的，不是写给人听的。

外国人有给自己的亲友读自己的作品的习惯。普希金给老保姆读过诗。屠格涅夫给托尔斯泰读过自己的小说。效果不知如何。中国字不是拼音文字。中国的有文化的人，与其说是用汉语思维，不如说是用汉字思维。汉字的同音字又非常多。因此，很多中国作品不太宜于朗诵。

比如鲁迅的《高老夫子》：

他大吃一惊，至于连《中国历史教科书》也失手落在地上了，因为脑壳上突然遭到了什么东西的一击。他倒退两步，定睛看时，一枝夭斜的树枝横在他的面前，已被他的头撞得树叶都微微发抖。他赶紧弯腰去拾书本，书旁边竖着一块木牌，上面写道——

桑
桑……科

看小说看到这里，谁都忍不住失声一笑。如果单是听，是觉不出那么可笑的。

有的诗是专门写来朗诵的。但是有的朗诵诗阅读的效果比耳听还更好一些。比如柯仲平的诗：

人在冰上走，
水在冰下流……

这写得很美。但是听朗诵的都是识字的，并且大都是有一定的诗的素养的，他们还是把听觉转化成视觉的（人的感觉是相通的），实际还是在想象中看到了那几个字。如果叫一个不识字的，没有文学素养的普通农民来听，大概不会感受到那样的意境，那样浓厚的诗意。“老妪都解”不难，叫老妪都能欣赏就不那么容易。“离离原上草”，老妪未必都能击节。

我是不太赞成电台朗诵诗和小说的，尤其是配了乐。我觉得这常常限制了甚至损伤了原作的意境。听这种朗诵总觉得是隔着袜子挠痒痒，很不过瘾，不若直接看书痛快。

文学作品的语言和口语最大的不同是精练。高尔基说契诃夫可以用一个字说了很多意思。这在说话时很难办到，而且也不必要。过于简练，甚至使人听不明白。张寿臣的单口相声，看印出来的本子，会觉得很啰嗦，但是说相声就得那么说，才明白。反之，老舍的小说也不能当相声来说。

其次还有字的颜色、形象、声音。

中国字原来是象形文字，它包含形、音、义三个部分。形、音，是会对义产生影响的。中国人习惯于望“文”生义。“浩瀚”必非小水，“涓涓”定是细流。木玄虚的《海赋》里用了许多三点水的字，许多模拟水的声音的词，这有点近于魔道。但是中国字有这些特点，是不能不注意的。

说小说的语言是视觉语言，不是说它没有声音。前已说过，人的感觉是相通的。声音美是语言美的很重要的因素。一个有文学修养的人，对文字训练有素的人，是会直接从字上“看”出它的声音的。中国语言因为有“调”，即“四声”，所以特别富于音乐性。一个搞文字的人，不能不讲一点声音之道。“前有浮声，则后有切响”，沈约把语言声音的规律概括得很扼要。简单地说，就是平仄声要交错使用。一句话都是平声或都是仄声，一顺边，是很难听的。京剧《智取威虎山》里有一句唱词，原来是“迎来春天换人间”，毛主席给改了一个字，把“天”字改成“色”字。有一点旧诗词训练的人都会知道，除了“色”字更具体之外，全句声音上要好听得多。原来全句六个平声字，声音太飘，改一个声音沉重的“色”字，一下子就扳过来了。写小说不比写诗词，不能有那样严的格律，但不能不追求语言的声音美，要训练自己的耳朵。一个写小说的人，如果学写一点旧诗、曲艺、戏曲的唱词，是有好处的。

外国话没有四声，但有类似中国的双声叠韵。高尔基曾批评一个作家的作品，说他用“咝”音的字太多，很难听。

中国语言里还有对仗这个东西。

中国旧诗用五七言，而文章中多用四六字句。骈体文固然是这样，骈四俪六；就是散文也是这样。尤其是四字句。四字句多，几乎成了汉语的一个特色。没有一篇文章找不出大量的四字句。如果有意避免四字句，便会形成一种非常奇特的拗体，适当地运用一些四字句，可以造成文章的稳定感。

我们现在写作时所用的语言，绝大部分是前人已经用过，在文章里写过的。有的语言，如果知道它的来历，便会产生联想，使这一句话有更丰富的意义。比如毛主席的诗：“落花时节读华章”，如果不知出处，“落花时节”，就只是落花的时节。如果读过杜甫的诗：“岐王宅里寻常见，崔九堂前几度闻，正是江南好风景，落花时节又逢君”，就会知道“落花时节”就包含着久别重逢的意思，就可产生联想。《沙家浜》里有两句唱词：“垒起七星灶，铜壶煮三江”，是从苏东坡的诗“大瓢贮月归春瓮，小杓分江入夜瓶”脱胎出来的。我们许多的语言，自觉或不自觉地，都是从前人的语言中脱胎而出的。如果平日留心，积学有素，就会如有源之水，触处成文。否则就会下笔枯窘，想要用一个词句，一时却找它不出。

语言是要磨练，要学的。

怎样学习语言？——随时随地。

首先是向群众学习。

我在张家口听见一个饲养员批评一个有点个人英雄主义的组长：

“一个人再能，当不了四堵墙。旗杆再高，还得有两块石头夹着。”

我觉得这是很好的语言。

我刚到北京京剧团不久，听见一个同志说：

“有枣没枣打三杆，你知道哪块云彩里有雨啊？”

我觉得这也是很好的语言。

一次，我回乡，听家乡人谈过去运河的水位很高，说是站在河堤上可以“踢水洗脚”，我觉得这非常生动。

我在电车上听见一个幼儿园的孩子念一首大概是孩子们自己编的儿歌：

山上有个洞，
洞里有个碗，
碗里有块肉，
你吃了，我尝了，
我的故事讲完了！

他翻来覆去地念，分明从这种语言的游戏里得到很大的快乐。我反复地听着，也能感受到他的快乐。我觉得这首几乎是没有意义的儿歌的音节很美。我也捉摸出中国语言除了押韵之外还可以押调。“尝”“完”并不押韵，但是同是阳平，放在一起，产生一种很好玩的音乐感。

《礼记》的《月令》写得很美。

各地的“九九歌”是非常好的诗。

只要你留心，在大街上，在电车上，从人们的谈话中，从广告招贴上，你每天都能学到几句很好的语言。

其次是读书。

我要劝告青年作者，趁现在还年轻，多背几篇古文，背几首诗词，熟读一些现代作家的作品。

即使是看外国的翻译作品，也注意它的语言。我是从契诃夫、海明威、萨洛扬的语言中学到一些东西的。

读一点戏曲、曲艺、民歌。

我在《说说唱唱》当编辑的时候，看到一篇来稿，一个小戏，人物是一个小炉匠，上场念了两句对子：

风吹一炉火，
锤打万点金。

我觉得很美。

一九四七年，我在上海翻看一本老戏考，有一段滩簧，一个旦角上场唱了一句：

春风弹动半天霞。

我大为惊异：这是李贺的诗！

二十多年前，看到一首傣族的民歌，只有两句，至今忘记不了：

斧头砍过的再生树，

战争留下的孤儿。

巴甫连柯有一句名言：“作家是用手思索的。”得不断地写，才能扪触到语言。老舍先生告诉过我，说他有得写，没得写，每天至少要写五百字。有一次我和他一同开会，有一位同志作了一个冗长而空洞的发言，老舍先生似听不听，他在一张纸上把几个人的姓名连缀在一起，编了一副对联：

伏园焦菊隐

老舍黄药眠

一个作家应该从语言中得到快乐，正像电车上那个念儿歌的孩子一样。

董其昌见一个书家写一个便条也很用心，问他为什么这样，这位书家说：“即此便是练字。”作家应该随时锻炼自己的语言，写一封信，一个便条，甚至是一个检查，也要力求语言准确合度。

鲁迅的书信，日记，都是好文章。

语言学中有一个术语，叫做“语感”。作家要锻炼自己对于语言的感觉。

王安石曾见一个青年诗人写的诗，绝句，写的是在宫廷中值班，很欣赏。其中的第三句是：“日长奏罢长杨赋”，王安石给改了一下，变成“日长奏赋长杨罢”，且说：“诗家语必此等乃健”。为什么这样一改就“健”了呢？写小说的，不必写“日长奏赋长杨罢”这样的句子，但要能体会如何便“健”。要能体会峭拔、委婉、流利、安详、沉痛……

建议青年作家研究研究老作家的手稿，捉摸他为什么改两个字，为什么要把那两个字颠倒一下。

“如鱼饮水，冷暖自知”，语言艺术有时是可以意会，难于言传的。

揉 面

使用语言，譬如揉面。面要揉到了，才软熟，筋道，有劲儿。水和面粉本来是两不相干的，多揉揉，水和面的分子就发生了变化。写作也是这样，下笔之前，要把语言在手里反复抟弄。我的习惯是，打好腹稿。我写京剧剧本，一段唱词，二十来句，我是想得每一句都能背下来，才落笔的。写小说，要把全篇大体想好。怎样开头，怎样结尾，都想好。在写每一段之间，我是想得几乎能背下来，才写的（写的时候自然会又有些变化）。写出后，如果不满意，我就把原稿扔在一边，重新写过。我不习惯在原稿上涂改。在原稿上涂改，我觉得很别扭，思路纷杂，文气不贯。

曾见一些青年同志写作，写一句，想一句。我觉得这样写出来的语言往往是松的，散的，不成“个儿”，没有咬劲。

有一位评论家说我的语言有点特别，拆开来看，每一句都很平淡，放在一起，就有点味道。我想谁的语言不是这样？拆开来，不都是平平常常的话？

中国人写字,除了笔法,还讲究“行气”。包世臣说王羲之的字，看起来大大小小，单看一个字，也不见怎么好，放在一起，字的笔划之间，字与字之间，就如“老翁携带幼孙，顾盼有情，痛痒相关”。安排语言，也是这样。一个词，一个词；一句，一句；痛痒相关，互相映带，才能姿势横生，气韵生动。

中国人写文章讲究“文气”，这是很有道理的。

自铸新词

托尔斯泰称赞过这样的语言：“菌子已经没有了，但是菌子的气味留在空气里”，以为这写得很美。好像是屠格涅夫曾经这样描写一棵大树被伐倒：“大树叹息着，庄重地倒下了。”这写得非常真实。“庄重”真好！我们来写，也许会写出“慢慢地倒下”，“沉重地倒下”，写不出“庄重”。鲁迅的《药》这样描写枯草：“枯草枝枝直立，有如铜丝。”大概还没有一个人用“铜丝”来形容过稀疏瘦硬的秋草。《高老夫子》里有这样几句话：“我没有再教下去的意思。女学堂真不知道要闹成什么样子。我辈正经人，确乎犯不上酱在一起……”“酱在一起”，真是妙绝（高老夫子是绍兴人。如果写的是北京人，就只能说“犯不上一块掺和”，那味道可就差远了）。

我的老师沈从文在《边城》里两次写翠翠拉船，所用字眼不一样。一次是：

有时过渡的是从川东过茶峒的小牛，是羊群，是新娘子的花轿，翠翠必争着作渡船夫，站在船头，懒懒的攀引缆索，让船缓缓的过去。

又一次：

翠翠斜睨了客人一眼，见客人正盯着她，便把脸背过去，抿着嘴儿，不声不响，很自负的拉着那条横缆。

“懒懒的”“很自负的”，都是很平常的字眼，但是没有人这样用过。要知道盯着翠翠的客人是翠翠所喜欢的傩送二老，于是“很自负的”四个字在这里就有了很多很深的意思了。

我曾在一篇小说里描写过火车的灯光：“车窗蜜黄色的灯光连续地映在果园东边的树墙子上，一方块，一方块，川流不息地追赶着”；在另一篇小说里描写过夜里的马：“正在安静地、严肃地咀嚼着草料”，自以为写得很贴切。“追赶”“严肃”都不是新鲜字眼，但是它表达了我自己在生活中捕捉到的印象。

一个作家要养成一种习惯，时时观察生活，并把自己的印象用清晰的、明确的语言表达出来。写下来也可以。不写下来，就记住（真正用自己的眼睛观察到的印象是不易忘记的）。记忆里保存了这种常用语言固定住的印象多了，写作时就会从笔端流出，不觉吃力。

语言的独创，不是去杜撰一些“谁也不懂的形容词之类”。好的语言都是平平常常的，人人能懂，并且也可能说得出来的语言——只是他没有说出来。人人心中所有，笔下所无。“红杏枝头春意闹”“满宫明月梨花白”都是这样。“闹”字、“白”字，有什么稀奇呢？然而，未经人道。

写小说不比写散文诗，语言不必那样精致。但是好的小说里总要有一点散文诗。

语言要和人物贴近

我初学写小说时喜欢把人物的对话写得很漂亮，有诗意，有哲理，有时甚至很“玄”。沈从文先生对我说：“你这是两个聪明脑壳打架！”他的意思是说这不像真人说的话。托尔斯泰说过：“人是不能用警句交谈的。”

尼采的“苏鲁支语录”是一个哲人的独白。吉伯维的《先知》讲的是一些箴言。这都不是人物的对话。《朱子语类》是讲道德，谈学问的，倒是谈得很自然，很亲切，没有那么多道学气，像一个活人说的话。我劝青年同志不妨看看这本书，从里面可以学习语言。

《史记》里用口语记述了很多人的对话，很生动。“伙颐，涉之为王沉沉者！”写出了陈涉的乡人乍见皇帝时的惊叹（“伙颐”历来的注家解释不一，我以为这就是一个状声的感叹词，用现在的字写出来就是：“嗬咦！”）。《世说新语》里记录了很多人的对话，寥寥数语，风度宛然。张岱记两个老者去逛一处林园，婆娑其间，一老者说："真是蓬莱仙境了也！"另一个老者说："个边哪有这样！"生动之至，而且一听就是绍兴话。《聊斋志异·翩翩》写两个少妇对话："一日，有少妇笑入！曰：'翩翩小鬼头快活死！薛姑子好梦几时做得？'女迎笑曰：'花城娘子，贵趾久弗涉，今日西南风紧，吹送来也——小哥子抱得未？'曰：'又一小婢子。'女笑曰：'花娘子瓦窑哉！——那弗将来？'曰：'方呜之，睡却矣。'"这对话是用文言文写的，但是神态跃然纸上。

写对话就应该这样，普普通通，家长里短，有一点人物性格、神态，不能有多少深文大义。——写戏稍稍不同，戏剧的对话有时可以"提高"一点，可以讲一点"字儿话"，大篇大论，讲一点哲理，甚至可以说格言。

可是现在不少青年同志写小说时，也像我初学写作时一样，喜欢让人物讲一些他不可能讲的话，而且用了很多辞藻。有的小说写农民，讲的却是城里的大学生讲的话，——大学生也未必那样讲话。

不单是对话，就是叙述、描写的语言，也要和所写的人物"靠"。

我最近看了一个青年作家写的小说，小说用的是第一人称，小说中的"我"是一个才入小学的孩子，写的是"我"的一个同桌的女同学，这未尝不可。但是这个"我"对他的小同学的印象却是："她长得很纤秀。"这是不可能的。小学生的语言里不可能有这个词。

有的小说，是写农村的。对话是农民的语言，叙述却是知识分子的语言，叙述和对话脱节。

小说里所描写的景物，不但要是作者眼中所见，而且要是所写的人物的眼中所见。对景物的感受，得是人物的感受。不能离开人物，单写作者自己的感受。作者得设身处地，和人物感同身受。小说的颜色、声音、形象、气氛，得和所写的人物水乳交融，浑然一体。就是说，小说的每一个字，都渗透了人物。写景，就是写人。

契诃夫曾听一个农民描写海，说："海是大的"。这很美。一个农民眼中的海也就是这样。如果在写农民的小说中，有海，说海是如何苍茫、浩瀚、蔚蓝……统统都不对。我曾经坐火车经过张家口坝上草原，有几里地，开满了手掌大的蓝色的马兰花，我觉得真是到了一个童话的世界。我后来写一个孩子坐牛车通过这片地，本是顺理成章，可以写成：他觉得到了一个童话的世界。但是我不能这样写，因为这个孩子是个农村的孩子，他没有念过书，在他的语言里没有"童话"这样的概念。我只能写：他好像在一个梦里。我写一个从山里来的放羊的孩子看一个农业科学研究所的温室，温室里冬天也结黄瓜，结西红柿：西红柿那样红，黄瓜那样绿，好像上了颜色一样。我只能这样写。"好像上了颜色一样"，这就是这个放羊娃的感受。如果稍为写得华丽一点，就不真实。

有的作者有鲜明的个人风格，可以不用署名，一看就知是某人的作品。但是他的各篇作品的风格又不一样。作者的语言风格每因所写的人物、题材而异。契诃夫写《万卡》和写《草原》《黑修士》所用的语言是很不相同的。作者所写的题材越广泛，他的风格也是越易多样。

我写《徙》里用了一些文言的句子，如"呜呼，先生之泽远矣"，

“墓草萋萋，落照昏黄，歌声犹在，斯人邈矣”。因为写的是一个旧社会的国文教员。写《受戒》《大淖记事》,就不能用这样的语言。

作者对所写的人物的感情、态度，决定一篇小说的调子，也就是风格。鲁迅写《故乡》《伤逝》和《高老夫子》《肥皂》的感情很不一样。对闰土、涓生有深浅不同的同情，而对高尔础、四铭则是不同的厌恶。因此,调子也不同。高晓声写《拣珍珠》和《陈奂生上城》的调子不同，王蒙的《说客盈门》和《风筝飘带》几乎不像是一个人写的。我写的《受戒》《大淖记事》，抒情的成分多一些，因为我很喜爱所写的人,《异秉》里的人物很可笑，也很可悲悯，所以文体上也就亦庄亦谐。

我觉得一篇小说的开头很难，难的是定全篇的调子。如果对人物的感情、态度把握住了，调子定准了，下面就会写得很顺畅。如果对人物的感情、态度把握不稳，心里没底，或是有什么顾虑，往往就会觉得手生荆棘，有时会半途而废。

作者对所写的人、事，总是有个态度，有感情的。在外国叫做“倾向性”，在中国叫做“褒贬”。但是作者的态度、感情不能跳出故事去单独表现，只能融化在叙述和描写之中，流露于字里行间，这叫做“春秋笔法”。

正如恩格斯所说：倾向性不要特别地说出。

一九八二年一月八日

载一九八二年第三期《花溪》

【赏析】

一直以来，我们以为语言就是一种工具，方便人与人沟通的工具而已。然而，汪曾祺告诉你不是这样的，语言本身更是艺术，不只是工具。在文学的世界里，语言甚至扮演生死攸关的角色。文章从四个方面讲语言的问题，分别是：“语言是艺术”“揉面”“自铸新词”“语言要和人物贴近”。第一部分可视为综论，从汉字的特点入手，分析掌握语言的要诀，后三部分从不同侧面进一步论述运用语言的窍门。

先来看第一点，这是关于语言的综论，从汉字的结构，到音、调、声、韵，以及对仗、字数、用典，逐点论说。首先，写小说用的语言应该是书面语言，是视觉的语言。这不难理解，汉语并不是拼音文字，而是象形文字，每一个字都有特殊含意，能唤起某种想象，如文中提及的“‘浩瀚’必非小水，‘涓涓’定是细流”。现在我们流行朗诵诗歌和小说，有时候还会配上音乐。汪曾祺早早就指出小说不宜朗诵，朗诵诗阅读的效果比耳听还要好。道理很简单，“听”的话往往只听到一个意思，“看”的话通过文字能生起多重联想，因此显得更美、更丰富、更有意境。除了视觉特征，汉字还有声韵调，富于音乐性。粤语保留九声，平仄分明，双声迭韵，对仗，用典这几项在古诗或近体诗里多能体现。汪曾祺写这么多，是想告诉读者，哪怕我们用现代汉语写小说，也要了解汉字的特点，才能掌握好语言。后半部分几乎都在举例子，从毛主席的诗，到各式群众的语言，再到现代作家、古代文人的作品，排山倒海地列出来，你还能不同意他的观点吗？可见汪氏是一个勤读书、勤写作，并且留心大街小巷各式人物语言的人。

此外，文章以第二部分的标题“揉面”作此篇的题目，饶有深意。试看第三部分“自铸新词”，就知道作者想必非常满意用“揉面”这个词来形容语言的使用。“自铸新词”就是用前人没讲过的话来形容某些事物、状况，但这种“新”并不是杜撰一些谁也不懂的形容词，而是用平常的语言道出别人意会到却说不出的话。文中提及不少例子，如屠格涅夫写大树被伐倒时用的语言：“大树叹息着，庄重地倒下了。”鲁迅、沈从文、汪氏自己在小说里用的语言，以及古诗“红杏枝头春意闹”“满宫明月梨花白”中的“闹”和“白”，都是极好的语言。回过头来看“揉面”，文中写道：

> 使用语言，譬如揉面。面要揉到了，才软熟，筋道，有劲儿。水和面粉本来是两不相干的，多揉揉，水和面的分子就发生了变化。写作也是这样，下笔之前，要把语言在手里反复抟弄。

如果大家有揉面（也就是搓面粉）的经验，就知道首先水和面粉的比例要掌握得好，揉面时又得使劲儿，有轻有重，要有耐心，直至面团富有弹性，才能做出好吃的面条或面包。“揉面”是一个家常的用词，谁能想到把它和使用语言联系在一起呢？然而，用它来比喻使用语言又是那么贴切、具象。这就是新意，道人之所未道，叫人一读难忘。

这篇文章里还提到“笔法”“文气”“语言要和人物贴近”，皆是作文须注意之处，文中解说清晰，不乏生动例子。借汪氏的话总结一句：“如果平日留心，积学有素，就会如有源之水，触处成文。”

图书在版编目（CIP）数据

文学精读·汪曾祺 / 方星霞编. —杭州 ：浙江人民出版社，2018.9（2024.1重印）

ISBN 978-7-213-08770-7

Ⅰ.①文… Ⅱ.①方… Ⅲ.①中国文学-当代文学-作品综合集 Ⅳ.①I211

中国版本图书馆CIP数据核字(2018)第108702号

文学精读·汪曾祺

方星霞　编

出版发行：浙江人民出版社（杭州市体育场路347号　邮编　310006）
市场部电话：(0571)85061682　85176516

责任编辑：余慧琴　陈雯怡
责任校对：戴文英
责任印务：程　琳
封面设计：观止堂_未氓
电脑制版：杭州享尔文化创意有限公司
印　　刷：杭州富春印务有限公司
开　　本：880毫米×1230毫米　1/32　　印　　张：7.5
字　　数：151千字　　插　　页：2
版　　次：2018年9月第1版　　印　　次：2024年1月第9次印刷
书　　号：ISBN 978-7-213-08770-7
定　　价：36.00元